Sông Thu Bồn

秋盆河

远人〰〰〰〰〰 著

深圳出版社

图书在版编目（CIP）数据

秋盆河 / 远人著. -- 深圳：深圳出版社，2024.7
ISBN 978-7-5507-4033-4

Ⅰ. ①秋… Ⅱ. ①远… Ⅲ. ①长篇小说－中国－当代
Ⅳ. ① I247.5

中国国家版本馆 CIP 数据核字 (2024) 第 097270 号

秋 盆 河
QIUPENHE

出 品 人　聂雄前
策划编辑　韩海彬
责任编辑　杨雨荷　杨跃进
责任校对　熊　星
责任技编　郑　欢
封面设计　唐秋萍 at 广大图文

出版发行　深圳出版社
地　　址　深圳市彩田南路海天综合大厦　（518033）
网　　址　www.htph.com.cn
服务电话　0755-83460239（邮购、团购）
排版设计　深圳市无极文化传播有限公司　Tel：19168919568
印　　刷　深圳市华信图文印务有限公司
开　　本　889mm×1194mm　1/32
印　　张　7.5
字　　数　169千
版　　次　2024 年 7 月第 1 版
印　　次　2024 年 7 月第 1 次
定　　价　46.00 元

目 录

C O N T E N T S

第一章　初恋

1

  无法统计，离开秋盆河以后，它究竟有多少次在我梦中流淌。也只有在梦里，我还能一次又一次地看见它。温柔、干净、缓慢地流淌。我总还看见对岸有个穿白色连衣裙的少女身影。我使劲睁大眼，也看不清她是面对我还是背对我。我知道那个身影是阿阮。我拼命想喊出声来，喉咙里却总被什么东西堵住。然后，我就醒来，面对眼前无穷尽的黑夜。

  每当这时，我会从床头坐起，伸手摸到床头柜上的烟和火柴。我只抽上几口，就把烟摁熄在烟缸里。青烟散去，我回想刚才的梦，秋盆河、阿阮、阿阮家门口的古老榕树。我总像又听到阿阮家那两扇大门推开时发出的咿呀声。我眼前出现的场景便是阿阮从门后出来，我在树后朝她招手。阿阮一眼看见我。她微笑起来的样子总是使我心跳加快。

  这么多年过去了，有时候我以为我忘记了阿阮，但那些梦会提醒我，我从来没有忘记她。我记得那时，她出门之后，总是回头看一下身后，好像屋里会有人盯着她。然后她跑到树后。我那时候觉得，幸福的顶点就是我仰臂将她抱在怀里的时候。阿阮的身体娇小、柔弱，头发上总散发一股很淡的芳香。我不知道那是什么香味。我问过她。她总低下头，微笑着要我猜。我真的猜不出，我最希望的就是时间能停在这里，再也不要走动了。

我藏身的那棵树是秋盆河边最古老的一棵榕树，据说有好几百年了。在它身上，有很多胡须样的藤条从高处垂下来。我小时候就奇怪它为什么长那么多胡子，后来才知道，它已经老了。上年纪的人都有长长的胡子，爸爸也有，但他隔上两三天，就把刚刚长出来的胡子刮掉，所以，爸爸还不老。我那时觉得，人大概要等到很老的时候，才不会去刮胡子。这棵榕树当然不会刮胡子。我非常有把握，它的胡子从长出来那天开始，就从来没有刮过。我藏在树后的时候，总觉得我是藏在它的胡子里。

我每次抱住阿阮，她浑身就一阵颤抖。而且，我抱得越紧，她就在我怀里变得越小。阿阮的个头本就不高，大概刚到我的肩膀。我不敢肯定这点，是因为我们从来没脱下鞋子，背靠背地比较过。小时候，我们镇上的男孩都喜欢比身高。我不是最高的，也不是最矮的。最高的是阿强，最矮的是阳狮。阳狮的名字是我们这些伙伴中最霸气的，但实际上他的胆子很小。我们经常嘲笑他的名字，说他的名字不是狮子的狮，而是虱子的虱。阿强曾捏住一只虱子给阳狮看，说："你就是这个。"阳狮脸涨得通红，差不多要哭了。他还是没哭，只是盯着阿强看，不过他不敢盯太久，一旦盯久了，阿强的拳头就来了。阿强的拳头是我们中最厉害的，阳狮怕得要命。说实话，我也怕，好在阿强还不敢把拳头对着我来，因为他爸爸是我爸爸的手下。他爸爸怕我爸爸，所以，阿强也有一点点怕我，尽管我从来没和他打过架。当然，我说的是我们小时候，长大后我和阿强有了冲突，原因是除了阿阮之外，还有我后面要说的事。

阿阮从小也和我们玩在一起。我们从小就在一个叫会安的小镇上生活。会安是越南中部的一个小镇，几百年前是一个港口，后来它不是了。会安有很多华人，我们家和阳狮家都是华人之家。阿强是越南人，阿阮一家也是。阮家在会安开着米行和船行，是秋盆河两岸最有钱的人家。我们小时候都不知道钱究竟可以干什么。阿阮和我们一样，也不知道钱可以给自己带来什么。阿阮从没因为钱瞧不起我们。我们长大后才发现阿阮家特别有钱，不过我们家也不缺钱。我爸爸是船队上的一个船头，船队是阿阮家的，我爸爸的老板就是阿阮的爸爸。至于阳狮，他们家就是简单的渔民之家。每天早上，阳狮的父母就去秋盆河上捕鱼，然后拿到市场上去卖钱。人在童年的时候，即使有点自卑，也不会那么强烈，因此，阳狮一直和我们玩在一起。阿强特别喜欢捉弄阳狮，哪怕有时候比较过分，我们仍然是在一起玩的伙伴，没有谁会仇恨谁的意思。我们一直玩得很好，一直到上学，我们才有所有孩子之间都会有的竞争。

2

秋盆河日日夜夜流过会安。越到现在，我越觉得它美，我好像再也没听过比它更美的名字了。秋盆河不宽，但非常非常长。它的发源地和具体的长度我从来没有问过，到现在我也不知道。我从小就喜欢去河边。我们这些孩子都喜欢去河边玩。我第一次看见阿阮就是在河边，那时她还是个五岁的小女孩。我看见她时，她蹲在那里玩水，穿一件纯白色的衣服，脚上踏一双木屐，一只鬈毛小白狗绕在她身边。一个女人在她身后不远处站着，我后来才知道她是阮家的保姆阿凤。阿凤那时年纪三十出头，我们也是后来才了解到，阿凤的丈夫原本是军人，在一次和美国军队的交锋中阵亡了。阿阮爸爸是偶然遇见阿凤的，觉得这个寡妇可怜，就把她收留下来。那时阿凤因悲伤过度，导致小产。这是几年前在西贡发生的事了，也恰恰是阿阮出生的那一年。这个无法再做母亲的女人到阮家后非常喜欢阿阮，就留在了阮家。对我们来说，倒是习惯看见阿凤就在阿阮家里。除了阮家，她好像也没有其他的地方可去。我从来没听说她还有什么亲人，或许，她也早把阮家当作自己的家了。

阿凤说话的音量不高，速度也慢，每个字都要仔细拖上很久。譬如我第一次看见阿阮那天，就听见阿凤说："阿……阿阮啊，你……你不要……走得太……太靠近……水了。"她说得那么慢，我听了都觉得着急，可她总是快不起来。

我把见到阿阮的第一天记得很牢，是因为那天阿强打算搞个恶作剧。他和我到河边时就说了，他已经约了阳狮过来一起玩。这本来是很正常的事，但阿强想捉弄阳狮，说趁阳狮还没到，不如我们先在沙滩上挖个坑，让阳狮一脚踏空后摔上一跤。我立刻响应了。于是我们手忙脚乱地挖了个沙坑。坑挖好后，我去找了张报纸，盖在那个坑上，再团起四块湿沙，分别压在报纸的四个角，然后再将一些干沙薄薄地撒在报纸上。这个陷阱挖好了，我们就退到沙坑后面十几步的地方坐下来等阳狮出现。我们一边等，一边假装在看河水。

我和阿强在等阳狮的时候，从远处过来一条船。那是我爸爸监督的一条船。船在河心激起不小的浪花，一股一股细浪涌向沙滩。我们听见阿凤的声音在说："阿……阿阮……你……你快……点……回来。"我和阿强坐在沙滩上看着船，都没去注意阿阮她们。阿阮听见阿凤那么说，就带着小狗赶紧往回走。这时她又看见了我和阿强。我不知道她是不是因为看见两个年纪和她相仿的孩子了，就想过来一起玩，于是径直朝我们跑过来。我还来不及提醒，阿阮已经一脚踩到坑里。她摔在沙滩上，哇哇大哭起来。那只小狗一边拼命地在旁边转圈，一边汪汪叫。我们知道糟糕了。阿阮毕竟是个小女孩，这一脚崴得非常厉害。我赶紧站起来，朝阿阮跑去。阿凤吓得脸色苍白，惊叫一声。我还没有跑过去，阿凤已经将阿阮从坑里抱出来。阿阮还是在哇哇大哭。我跑到近前忽然有点害怕。如果她们知道这个坑是我和阿强挖的，那可就不妙了。尽管我那时还不认识阿阮和阿凤，但还是害怕她们知道这个陷阱是和我们有关的。

不过很幸运，阿凤没去想这个坑是谁挖的。她只是吓住了，把阿阮抱在怀里，一个劲儿地哄她。阿强当时有点想跑（这是他后来告诉我的），可是我反而跑到阿凤那边去了，阿强也就不自觉地跟着我过去。

那年我七岁，我童年的伙伴中还没有一个小女孩，尤其像阿阮那么漂亮的小女孩更是没有见过。我第一次面对她时，她就因为我挖的坑而摔得哇哇大哭。我知道犯了错的是自己。我记得妈妈总是跟我说，"犯错的孩子一定要记得道歉"。于是我傻乎乎地跑过去，对阿阮说"对不起"。可是，我就算说了对不起，阿凤好像也没追究我为什么挖坑。她被吓得一直很紧张，可能连我说的话也没有听见。我说过一次对不起后，见她们没有反应，就想说第二次，这时阿强飞快地拉了拉我的衣角。我转头就问他干什么。阿强又对我飞快地丢个眼色，我顿时就明白了，千万不能让她们知道这个坑是我们挖的，于是我就收住了已经冲到喉咙里的话。

很怪的事情是，阿阮看见我和阿强后，立刻不哭了。她用很大的眼睛看着我们。阿强那年虽然也只七岁，可他的个头已经像个九岁多的大孩子了。阿阮在阿凤怀里，忽然把手朝我们伸来。

阿强就说："你是不是想和我们一起玩？"

阿阮竟然笑了，说："你们是谁？"

阿强没回答，反过来问阿凤："你们是哪家的？"

因为阿阮已经不哭了，阿凤也开始平复下来。她看见我们是孩子，就说："我……我们……啊，是……阮家的，我们刚……刚……从西贡……搬……搬过来。"

我一听她们是阮家的，立刻就明白了。我爸爸前几天在饭桌上就说过，阮老板的老婆孩子这几天会从西贡到会安。他们全家都将在会安住下来。当时我只是听爸爸对妈妈说，没怎么在意，没想到我居然就见到阮老板的孩子了。

我一下子就忘记挖坑的事了，告诉阿凤说："我叫阿陆，他叫阿强，我们都是住在会安的。"我还指了指刚刚从秋盆河上过去的船，说"我爸爸就在船上"。我记得，阿阮顺着我手指的方向看去。船上堆着小山样的大米。阿阮就说了句："那是我们家的米。"她转过头看着我，又很奇怪地说了句："怎么你爸爸会在我爸爸的船上？"那只小狗也对船叫了几声，好像也认出船上堆着它主人家的大米。

3

　　总有人说，当一个人回忆过去的时候，就像看一部电影。我现在每天回忆我的过去时，感觉的确像在看一部电影，那些在我生命里进进出出的人，很多已经死了；没有死的，我也有很多人看不见了。就像阿阮，我离开她已经三十年了，我和她之间发生交集的时间只有短短十五年。用三十年回忆十五年是什么滋味？很可能，一个人的余生，就是用来回忆他的曾经的。而一个人的曾经，已远得和他的前生差不多。

　　我还记得我们上学的那个学校。它到处都是白色的，大门、花坛、墙壁，我们的教室、老师的办公室、校长的办公室、大厅和礼堂，全部是白色的，而且，所有的房子都非常高，高到顶部，又是弧形的。后来我听人说，我们的学校原来是座教堂，是法国人修建的。会安另外还有座法国教堂，据说已有上百年历史了，我去过那里很多次。我去那里不是为了祈祷，小时候是为了和阿强、阳狮他们一起玩；后来和阿阮在教堂后面见面，那里非常安静，很少有人来打扰。

　　我每次看见教堂时，都会有很古怪的感觉。我不是基督徒。我信上帝吗？真的不信。我觉得哪里都没有上帝。很奇怪为什么有那么多人相信，连我妈妈也信。我总记得妈妈每晚会打开《圣经》，慢慢地读。她的声音不大，听得出很虔诚。我小时候不明白，后来才知道妈妈是信徒。爸爸信不信呢？我一直不清楚。我没看见爸爸读过《圣经》，和爸爸说话也很少，我很怕他。另外，爸爸经常会出门，阮家的米需要他上船押送，会有很长一段时间不在家。这期间我是特别高兴的。我做了什么错事，妈妈不会打我，也不会骂我，哪怕考试不及格，妈妈也不会很凶地对待我。这些爸爸都会。我记得最深的一次就是我考试不及格，那天，爸爸正好押送完米后回家，看见我的成绩单后，他狠狠给了我一个巴掌。妈妈当时就赶紧拦住了爸爸："你不要打孩子。"爸爸的回答是："孩子不打不成器。"我听不懂什么是器。我知道我的玩具枪叫兵器。难道爸爸要我成为兵器吗？那天爸爸打得我很疼。我还记得，那天爸爸没刮胡子，这使他整张脸显得很凶，我看着也更怕。

　　每次挨揍，我都会趁妈妈拦住爸爸的时候赶紧跑出去。出去多久呢？这就说不定了。一般都是妈妈出来找我，她什么时候找到我，我就什么时候跟她回去。我回去后，爸爸火气当然不会消，可也不会再打我，到那时，我站着听他训斥一顿就行了。不过那天，我回去得很晚，不是妈妈出来找我找得晚了，而是我遇见了阿阮。

　　自从在河边第一次见到阿阮以后，已经半年了。这半年里，我们都变成很好的伙伴。在河边、在教堂、在船上，哪里都是我们玩的地方。我那天从家里跑出去，本来是打算找阿强的，这是我经常的做法，所以妈妈也很快能在阿强家找到我。那天我还没到阿强家，就在半路遇见他了。他一看见我，就知道我挨了我爸爸的揍。这是他常见的。我遇见他时，他手里拿着根钓竿，腰间挂个鱼篓。我就问："你要去钓鱼？"他说："是啊，看你样子，又被你爸爸揍了吧？我们一起钓鱼去。"

我觉得这主意不错，就跟着阿强去了。

我们去的不是河边，而是一条小船上。河边长大的孩子都会划船。我们找的这条船不知是谁家的，它看起来有点破，搁浅在岸上有很长一段时间了。我们经常会到这条船上玩。那天上船之后，阿强说不如划远一点，免得你爸爸找到你，不然你回家又要挨揍了。我觉得阿强说得不错。我从来没有想过妈妈没找到我，会不会很着急。我想的只是能晚点回家就晚点回家。于是我们就把船划了出去。

秋盆河在黄昏时非常漂亮。无穷无尽的云朵在远处捉着水面。两岸延伸出去很远。最好看的是，每个屋檐下都会在黄昏时点起各式各样的红绸灯笼，一盏盏延伸过去，真的很像一幅美到极点的图画。每个船坞上都系着船，河风里有股说不出的树叶气味。我们知道，船坞上停着的那些船都是阿阮家的。但也像我说过的那样，我们还体会不到，阿阮家有这么多船意味着什么。

我们的船出去不远，划得也不快，因为河上船只不少。阿强总是觉得找不到适合钓鱼的地方。不过，地方虽然没找到，在河上划船倒是个非常不错的消遣。我挨了爸爸一巴掌，心里总是觉得委屈。考试没考好，爸爸也没必要就打人啊。我当时的念头是真的不想回去。我知道妈妈会出来找我，让她找找也好，如果她找不着我，回去跟爸爸说，我想爸爸也会着急的。我就是想让他着急，谁让他打我来着！我虽是他儿子，但也不能说打就打，还打得那么重。这点我倒是挺羡慕阿强和阳狮的，我从没听他们说挨过父亲耳光。想到这点我就更加难过了，难道爸爸不知道学校的功课真的很难吗？

阿强听着我的委屈，他也觉得我应该晚点再回家。既然在河上了，不如就划船多玩一会儿，至于什么时候回去，玩够了再说。我们当时都没想到会遇上阿阮的船。当时是一声惊叫吸引了我们，抬头去看，惊叫声是从旁边不远处一条船上传出来的。那条船比我们的大多了。那时天色正在变黑，一切都很模糊。我只看见从那条船上探出一个人影，那人在说："不……不要……要紧……狗……狗……"

我们一听就知道，船上说话的是阿凤。她说得实在太慢了，我和阿强在船头站起来，想知道发生了什么。阿凤话没说完，阿阮的哭声就传来了，她拼命地喊："狗狗，我的狗狗！"她跑到了阿凤身边，望着正在变黑的河水。我和阿强立刻知道了，刚才我们隐约听到"扑通"的声音，以为是鱼在河中发出的声音，原来竟是阿阮的那只鬈毛小狗掉河里去了。阿阮很喜欢那只狗，走到哪里都带着。谁也不知它怎么会从船上掉到河里去的。

我一下子急了，想也没想，纵身就往河里跳去。我们在水边长大，水性自然很好。我刚跳下去，就听见阿强说："阿陆！你快上来！狗会游泳的。"我在水中浮起头，有些发愣，怎么狗会游泳？这点我真不知道，阿强却知道。果然，那只鬈毛小狗就往我身边游过来。我真是很尴尬，觉得自己出了丑。阿凤和阿阮也认出是我跳进水中了。阿凤急着喊："阿陆……你……你快……上……上来。"

阿阮也喊："阿陆哥哥上船。"

我真的觉得丢丑，不过，看见那只鬈毛小狗游在身边，倒觉得很喜欢。我顺手便将它拉住。是的，我一直怕狗，不过，这半年和阿阮经常在一起玩，我已经不怕小狗了。那只鬈毛小狗和我们也很熟悉。它被我拉着，我攀到阿强船上，浑身湿淋淋的。

我一直记得，我们后来就到了阿阮的船上。船舱里就只有她和阿凤，船头还有一个撑船的人，后来我听阿凤叫他阿维，他自然也是阮家的人。我记得很清楚的是，阿凤当时拿了一条毛巾给小狗擦身。那条毛巾非常厚，非常白，我觉得它比我每天洗脸的毛巾还要好。我当时心里忽然涌上一种很特别的感触。后来我才知道，那其实是自卑。是的，我第一次自卑就是在阿阮的船上发生的，因为我觉得阿阮家境肯定比我家要好得多。

阿凤一边给狗擦身子，一边夸奖我，她的夸奖也说得很慢。我那时注意到阿阮。她一本正经地对我说谢谢。我倒是不知该如何回答。后来我把这件事告诉爸爸妈妈的时候，爸爸说阮家的孩子很有教养。我也不知道教养是什么。从爸爸的口气来判断，反正不会是不好的东西。

我能把这件事记得这么清楚，是它后面还发生了我没想到的事情。

当我回家后，妈妈已经急得不得了了。她一看见我回来，像是要哭了一样，说她已经出去找过好几次了，不知道我到底去了哪里。她确实很着急。爸爸着急吗？我一点也看不出。他脸色非常不好看，后来好看起来了，因为阮家居然派人过来，给我送来一盒糖果。糖果是阿凤送来的，她一进来就对我爸爸妈妈说我非常懂事，跳下河去救那只鬈毛小狗。阿凤走了之后，我爸爸的脸色好看起来，他夸奖了我几句，还摸了摸我的头，要我吃阮家送来的糖果。妈妈更是高兴，一连说了好几句感谢耶稣。我觉得奇怪，这件事和耶稣有什么关系？妈妈跟我说过《圣经》里的很多故事。我当然知道耶稣是谁，可我还是看不出阮家给我送来糖果和耶稣有什么关系。

4

在后面发生的事情里，阿强很重要，所以我想多说几句阿强，然后再说我和阿阮之间的故事。

我考试不及格会挨揍，阿强呢？他爸爸会揍他吗？从来不会，别说揍，连骂也没骂过阿强一句。就拿那次我考试不及格挨揍的事来说，阿强的考试成绩比我还差，但他还是可以回家后就出去钓鱼玩。阿强的爸爸和我爸爸有点不一样，不是说他爸爸是我爸爸的手下，而是阿强的爸爸话不多。我每次看见他，总觉得他愁眉苦脸，好像心里堆着不知道多少事情。我有时候也会隐隐约约地觉得他爸爸的确为很多事情发愁，因为阿强的妈妈早已经死了。我是很久以后才知道，他妈妈死于难产，但不是因为生阿强，而是生阿强的妹妹阿秋。阿秋的年纪比阿阮还小，所以她也是喜欢和我们在一起玩的。阿强不是很喜欢他妹妹跟着他。他不喜欢照顾人，喜欢捉弄人。我也不太喜欢阿秋，因为阿秋总是显得很脏，身上的衣服可以好多天不换。而且，阿秋的脸也总是脏得好像从来不洗一样。有时候我听妈妈说，阿秋真的很可怜，从小就没有妈照顾，她爸爸也不知道怎么带女儿，所以，阿秋是很可怜的小女孩。我当时对妈妈的这些话有点无动于衷，阿秋也确实太脏了。谁会喜欢一个脏女孩呢？连她哥哥都不喜欢她。不过，阿秋倒是很喜欢和我们在一起玩。我后来注意到了，阳狮被阿强捉弄的时候，阿秋是站在阳狮一边的。她虽然不敢和哥哥对着干，但我还是看得出，阿秋对哥哥捉弄阳狮的事，是有点难过的。

在我跳水去救阿阮的小狗的几个月后，阿阮也上学了。她读的也是我和阿强、阳狮的那个学校。阿阮读书真的非常认真，或许就像我爸爸说的那样，阮家人是很有教养的。阿阮比我们低了两个年级，她第一天去学校时，穿了一件白色的连衣裙，比我第一次看见她穿的那条白裙子漂亮多了。那天送她来学校的是阿凤。下午放学时，还是看见阿凤在学校外面等她。我记得我当时有点诧异，学校离我们家并不是很远，怎么阿凤还要接她放学呢？难道怕她出什么状况吗？难道阿凤不知道，学校里有我和阿强，还有阳狮，谁敢来欺负我们？但不是说我们三个人很会打架。我和阳狮都不是会打架的能手，可阿强是。我也不记得从哪天开始，阿强就非常喜欢打架。他虽然还不是高年级的学生，但每个高年级的学生都怕他，我还发现，学校里居然有不少老师也怕他。阿强自小就长得比同龄人要高，到小学三年级后，他的个头就和成人差不多了，甚至有些学生的父母还会以为他是学校的老师。这是阿强感到特别得意的地方。在学校，谁敢和阿强较量，那真是自不量力。很自然的是，很多老师不喜欢他，奇怪的是，也有几个老师特别喜欢他。阿强对同学喜欢动拳头，对老师还是不敢，但他又的确没把任何一个老师放在眼里。至于我们学校那个喜欢挂十字架项链的校长，就好像根本不知道学校里有这么一号人物一样。

阿强的身体也像他的名字，长得一天比一天强壮。我亲眼看见过他有一天被一辆自行车撞倒。骑车的是个小偷，他偷东西后被人发现，急急忙忙骑车逃窜。很巧的是，我们那时正好放学，还在回家路上，听到后面有人说抓小偷，我们本能地回头去望，那小偷的自行车已经撞到阿强身上了。那一下肯定非常厉害，阿强当即被撞倒。我吓了一跳，可眨眼间，就见阿强从地上站起来。不可思议的是，阿强怒不可遏地拔腿就追。我看得清清楚楚，阿强只追出两三百米远就追上了对方，他扳住自行车后座，将小偷直接掀翻在地。小偷虽是成人，但已经不是阿强的对手，阿强直接将他摁在地上，结结实实给了他几拳。后面追上来的人将小偷抓住了。事情的结果是校长握着脖子上的十字架，在全校师生面前狠狠表扬了阿强一番。从那以后，全校再也没有人敢去挑战阿强的本事了。

至于我，我从来没怕过阿强，阿强的名气虽然一天天大起来，但和我还是玩得很好。不管什么厉害角色，都还是会需要朋友的。阿强还真是把我当作一个朋友，哪怕他后来退学了到码头上混，还是喜欢叫上我和阳狮，和他一起喝酒。没错，我很早就开始喝酒了，原因就是阿强经常和我们一起喝。阳狮呢？从小就被阿强欺负惯了，自然不敢忤逆他的任何意思。我记得最清楚的是，有一天我们在码头上喝酒。那时我们都是十六七岁的少年了。阿强拿着筷子指了指阳狮，说道："等我妹妹长大了，你就娶了她，让她过好日子。"阳狮目瞪口呆，明显吓了一跳，但不敢说一个不字。甚至，他还赶紧敬了阿强一杯酒。

　　我也觉得不可思议，阿强怎么会要阳狮以后娶自己的妹妹？那时候，阿秋已是所有人嫌弃的对象，没别的原因，就因为她一直很脏。阿强的爸爸在船上当水手，老得很快。阿强爸爸一直就是被别人使唤的人。一些人不是他的上司，见他性格软弱，也对他颐指气使，他从来都是按对方的吩咐办事，直到阿强的名气在秋盆河越来越大，欺负他爸爸的人才慢慢减少，到后来没有一个人敢欺负他爸爸了。这事有点滑稽，一个父亲居然要儿子来保护，而且，那个儿子能威胁他人的时候，还是货真价实的未成年人。不过，这世上总是有很多事不可思议，这也算不了什么。我想起这件事时会笑，更多的感受则是一种说不出的心酸，尤其是阿强爸爸的结局，想起来我就难受。我很难想象阿强爸爸在船上究竟过的是什么日子。我问过我爸爸。爸爸只是说阿屈就像他这个屈姓一样，总是屈服于每个人。他给儿子的名字取了个强字，也算是取对了，儿子很强壮，他那时才十几岁，秋盆河两岸就已没人敢惹他了。

　　阿强退学了，阿秋还在学校。我得说，阿秋在学校是没有谁愿意和她往来的。不过很奇怪，唯一和她有往来的，竟然是阿阮。她们一个是当地最有钱的富家女孩，一个是当地最脏的学生。她们能产生往来是所有人都想不到的。我到今天仍然想说，阿阮是我一生中见过的最善良的女孩。她见别人都不和阿秋往来，就主动和阿秋说话。当然，因为哥哥阿强，也不会有谁敢去欺负阿秋，只是所有人都将阿秋隔绝了。我也不怎么愿意和阿秋说话，尽管小时候我们在一起玩过，毕竟，连她哥哥都不喜欢她，要我们去喜欢她是很为难的事，也是我们从来就没想过的事。不过，从阿强忽然要阳狮长大后娶阿秋做老婆的事来看，真还不能说阿强就不喜欢这个妹妹。他从来就不知道怎么表达自己，除了用拳头来解决他认为的一切难题之外，他不知道还有什么其他解决事情的方式。

阳狮虽然敬了阿强一杯酒，但我还是知道，阳狮心里压根就不会想有一天真的娶阿秋。一个邋遢的女孩是没有人喜欢的。阳狮虽然胆小怕事，也怕阿强，但我还是能判断，阳狮不可能在这件事上按阿强说的去做。我现在说起这件事，其实是想说，我们那时都到了对异性产生兴趣的青春期。我也不记得从哪天开始，心里暗暗喜欢上了阿阮。但这是我的秘密，我还不敢对任何人说，更不会对阿强说。我和阿强虽然是朋友，可朋友之间也是有隐私的。但也就是在码头上喝酒的那天，阿强说了句令我吃惊得连筷子几乎都拿不稳的事。他在说完要阳狮长大娶他妹妹的话后，又补充了一句："再过几年，我就要娶阿阮做老婆。"

我当时一听，觉得一下子头晕目眩。怎么阿强也喜欢阿阮吗？他和我不一样的地方就在这里，他不觉得那是他不该说的秘密。在他眼里，这世界从来就没什么秘密。他才十几岁，混码头已经快两年了，也许什么世面都见过，所以不觉得这是多么重要的事。他更不会知道，我在那个瞬间立刻感到以后将面临的种种威胁和险境。如果他知道我也喜欢阿阮，他会怎样对付我呢？那是我第一次觉得有点害怕阿强了。我唯一没想到的是，阿强说要阿阮做老婆，阿阮会同意吗？她家里人会同意吗？

5

我和阿阮走得很近。这不是因为从童年开始，我们玩在一起，而是阿阮比我们低了两个年级，她遇上做不出的题目时就喜欢来问我。我刚上学时，成绩并不那么好，但我爸爸的耳光产生了作用，我的成绩一年比一年好起来，甚至在班上也是拔尖的了。阿阮遇上做不出的题目时，会经常过来问我，有时候还到我家里来。尽管她爸爸是我爸爸的老板，但她一点架子都没有，在很多时候，我觉得她是害羞的。我现在回想起来，阿阮从小就很文静，她总是穿得干干净净，她的衣服当然名贵，只是我那时对这些还产生不了强烈的感受，只是喜欢看阿阮身上的衣服款式，尤其是那些打皱褶的裙边，像一圈花，总是吸引我的目光。

每次阿阮来我们家，爸爸妈妈都会特别高兴，尤其是爸爸，只要他没有出船，就会在家陪着妈妈和我。当他看见阿阮来我们家时，会对阿阮露出很亲近的微笑。这种微笑是非常难得展现给我的。妈妈也会拿出家里的零食给阿阮吃。每当这时，阿阮总像是很不好意思，她对我爸爸妈妈很有礼貌。不过她知道自己是来干什么的，她是来问我习题的，我当然也会对她不会的题目进行详详细细地讲解。我真的得说，一到这时候，我心里总会涌起特别骄傲的感受。

有时候，阿阮也会把我们几个叫到她家里去玩。我很少看见阿阮的爸爸，偶然看见时，觉得他非常威严，有种居高临下的感觉。阿阮妈妈倒是很柔和，对女儿的同学，她向来表现得十分亲近。阿凤是非常喜欢我们去玩的。她虽然是阿阮家的保姆，其实是阿阮家的家人了。阿阮对阿凤的依赖甚至超过了对她妈妈的依赖。这可能和阿阮妈妈身体不怎么好有关。阿阮的妈妈看上去虚弱得很，说话声音不高，脸上笑意很多，还是掩饰不住脸色的苍白。

阿阮家的房子是我见过的最漂亮的房子了。他们家有三层楼，外墙、栏杆、家具、房中间的柱子、每层楼梯的扶手和梯面，都像我们学校一样，是白色的。阿阮家里的一切都充满了白色，只有每层楼梯的梯面上，镶有一道凸起的镀金长条，另外，他们家每个柜子也都垂下来镀金的把手。我说它们是镀金的，但也可能是纯金的。我到今天还能回忆起那些金色的长条。我们上楼时，我的脚就踩在那些金条上面。我记得阿强有一次问过："这些都是黄金吗？"阿阮好像听到一个很意外的问题，回答说自己也不知道。阿强又问："一直就有吗？"阿阮说一直就有。阿强蹲下去，在那些金条上摸了摸，好像他一摸，就能证实那些是不是真的黄金。

在阿阮家的顶楼，有一个非常平整的天台。上面有刻意围拢的桌椅，还有一个铁制的秋千。阿阮总是喜欢坐在秋千上摇来荡去。不过，这样的场景我能记起的不多，因为我们去阿阮家的次数终究很少。当我们慢慢长大后，没有什么理由去她家玩了。我记得最深的是阿阮家的大门，每次进出，那大门都会发出咿呀声。大门是呈弧形的，同样是白色的门板。我后来无数次在那两扇白色的大门外等阿阮出来。我现在多么想还能像以前那样，在阿阮家门外的树后等候。我那时等候阿阮，心里总是无比焦急，现在我却觉得，如果还能再去等待，无论等上多久，那一定会是无比甘甜的滋味。

因为和阿阮在学习上越走越近，我不知不觉，越来越喜欢看见阿阮。我终于知道自己喜欢阿阮的那天，发生了一件令很多人都惊慌失措的事。这件事不仅和阿阮有关，还和阿强有关，我想把这件事详详细细地写出来。

6

　　阿强是在我们要升入十年级的时候退学的。阿强的成绩好像从来就没有好过。他从不关心自己的成绩，他爸爸也找不到办法来关心。毕竟他经常在船上，家里只剩下阿强和阿秋的时候居多。他无力解决两个孩子要如何面对家里没有大人的日子，好在也不需要他这个当父亲的人来解决，阿强总有办法来解决他和妹妹的生活问题。阿强退学，是因为他的成绩实在太差。尽管他在全校受到过校长的表扬，他还是通不过升学考试。阿强对不能继续上学的事并不在意，他本来就没想着要在学校待下去。他喜欢去外面的码头上混，和一帮我不认识的混混惹是生非。阿强退学那年，我和阿强、阳狮都是十五岁。阿阮十三岁，阿秋最小，十二岁。现在来想，那是多么懵懂的年纪，但我们总觉得自己已经长大了，尤其是阿强，他除了喜欢码头，还喜欢去会馆。只两三年时间，不管码头上，还是会馆里，阿强总是指挥一帮热衷打架的少年横冲直撞。

　　会安并不大，加起来也就四五条街道，它最特别的地方是，中国式的建筑到处都是。我从小就习惯那些建筑，也不觉得它们有什么特殊之处。爷爷在过世之前，总是喜欢到会馆去。当然，爷爷过世时我还很小，对他只有模糊的记忆片段。爷爷的事情我都是听妈妈说的。爷爷并不是从小就生活在越南，他是从中国的福建过来的。我忘记说了，我的名字叫陆念祖，是爷爷给取的，他的意思很明白，希望我不要忘记自己是中国人，可我从来没在中国生活过。中国对我来说，只是一个隔海也望不到的国度。我那时还产生不了我是那个国度的人的感觉。我在会安出生，在会安长大，所以，我从小就觉得我是越南人，是会安人。不过这种感觉也并非那么强烈，因为我不会去想这个问题。最主要的是我那时还小，体会不到老人的感受，另外就像我刚说过的，会安到处是中国式建筑。我当然也不会对此有强烈的感觉，只是爸爸妈妈会告诉我，那些建筑是中国的建筑样式，所以，我虽然知道这里是越南，但同时还会觉得，我生活的地方也就在中国。

爷爷生前最喜欢去的会馆叫福建会馆。福建会馆是会安古街最壮观的会馆。除了福建会馆，古街上还有潮州会馆、中华会馆、琼州会馆、广肇会馆等等。这些会馆并排一处，从街头连到街尾。每个会馆门前都是飞檐翘脊、龙翔狮踞的各色牌坊。到这些会馆来的，自然都是华人。我小时候经常和爸爸妈妈一起来。我听爸爸说过，福建会馆是中国清朝康熙年间修建的。记得我当时隐约就想，原来那时候就有中国人来会安了。我那时不知道康熙年间究竟是从哪一年到哪一年。从爸爸说话的口吻来看，也能知道是非常久远的年代了。等到我这代人时，说它是会馆，还不如说它是寺庙。

从福建会馆大门进去，是一条通向天井的长长通道。正面有个双层牌楼，上面有很多雕刻，上层写着"金山寺"三个字，下层写着"福建会馆"四个字，后面又写着"天后宫"及"惠我同仁"等，这些字都是横平竖直的中国字。正殿有好几重，再穿过走廊及天井后，又是一个四合院，里面供奉的是刻有"群钦大母"字样的女神妈祖像。

妈妈信仰基督，同时也信仰妈祖。妈妈说妈祖是船工、海员、旅客、商人和渔民共同信奉的神祇。爸爸只要上船出行，妈妈就会特意带上我来到会馆，在妈祖像前祈祷爸爸平安。后来，妈妈也要我和她一起祈祷。我虽然从小就熟悉妈妈读的《圣经》，但在我心里，慢慢还是觉得妈祖更让我喜爱，因为妈祖像真的很温柔，我看见时觉得她一定会保佑爸爸平安回来。

出事的那天，正好是我高中毕业不久，也是爸爸出海的日子，妈妈像以往一样，带着我去了福建会馆。我们在妈祖像前祈祷。真的很巧，阿阮也在阿凤的陪伴下到了会馆。这次出海，阿阮的爸爸也随船一起。她爸爸随船出去的次数不少，只要他随船出海，阿凤也总会带着阿阮过来拜妈祖像。那天来拜祭妈祖的人特别多，每次都这样，因为出海的不会只有我爸爸和阿阮的爸爸。每个出海的家庭都会有亲人来这里拜祭。我特别喜欢看妈祖像，觉得她的穿着打扮像一位女皇帝。她头上的冠冕可不是皇帝才有的么？妈妈告诉过我，妈祖不是皇帝，是天上圣母。这个名称让我觉得她比皇帝的地位还高。

那天阿阮穿的仍然是一条白色的连衣裙。我特别喜欢看阿阮穿白色的衣服，好像她也喜欢白色。我看着阿阮，觉得她越来越漂亮了。阿阮的确漂亮，她现在长高了，正要跨入一个少女最美的年龄。阿凤那时已老了不少。因为人多，我们去得也比很多人晚，所以就在等别人先拜祭。阿阮比我们去得还晚。阿凤带她进来的时候，里面已经有很多人了。这里所有人都是给阿阮家做事的，不过阿阮从来不会因为这点而拨开众人，让自己先去拜祭。阿凤和她就站在门口。我看见阿阮了，就走过去和她到殿外说话。妈妈也过去和阿凤说话。阿凤说话还是特别慢，不过所有人都习惯了她说话的速度。

我和阿阮还没说上几句话，就听到会馆外面传来一阵慌乱的声音，好像是出了什么事似的。妈祖像面前的人虽然多，倒并不喧哗，所以外面的声音所有人都听见了。我还没来得及多想，就看见四个比我年纪小几岁的少年跑了进来。让我吓一跳的是，他们身上都带着血迹。他们张皇失措地跑进来，像是知道里面有很多人，觉得这里的人会保护他们。他们个个吓得不轻，脸色惨白，随后，又一群少年冲进来，那些人个个手上提着长长的砍刀。

我一眼就认出来了，后面这几个拿砍刀的少年都是跟着阿强一起惹是生非的混混。我真的不愿意和他们打交道，当他们和阿强在一起的时候，我基本上不会去和他们一起玩。阿强倒是从不勉强我，我当然知道，他们都是因为学习不好退学了，要么父母去世了，要么根本不受大人管教。码头本就是特别混乱的一个地方，他们在一起渐渐形成了帮派。秋盆河上的帮派不少，阿强的名声一点不低于任何人。少年人一旦动起武来，比成年人更不计后果，所以，只要他们一帮人动手，很少有人敢和他们对抗。

现在，他们都提着刀闯进了会馆。前面那四个受伤的少年我都叫不出名字，只是知道他们都是住在秋盆河两岸的。不知道他们怎么招惹阿强一伙，对阿强来说，每天不打打架，就显示不出他在秋盆河的分量。所以，更大的可能是阿强去挑衅他们，就我听到的一些说法和看到的一些事实，阿强他们总喜欢去勒索学校的学生，或是直接殴打想在学校称霸的学生。若是哪个学生不听话，或者干脆说不给钱，阿强他们就会动手打人，甚至拿刀砍人。

我眼看那四个少年往我们这里冲过来，阿阮已经吓得惊叫。阿凤也被吓住了，我并不怕阿强，但有点怕那几个拿刀的。他们和我不认识，或者他们认识我也说不准，毕竟阿强没有出现，我担心他们伤到阿阮，就赶紧牵住阿阮的手，往殿内跑去。我现在能够肯定，那是我第一次牵阿阮的手。她的手非常柔软，我一把牵住时还没有感觉，跑到殿内时才突然感到阿阮的手在我手心，不由得心里一阵紧张。我想放开，但阿阮还是将我的手拉得很紧。我也就没放开阿阮的手。

殿内的人都已经看到外面发生的事，顿时一阵慌乱。殿内的基本上是大人，但又基本上是女人。她们都害怕那几个凶神恶煞的拿刀少年，纷纷惊叫着散开，想躲到什么地方去。妈妈和阿凤已经跑到我和阿阮身边，妈妈伸臂抱住我，阿凤也拉住阿阮。我和阿阮的手分开了。在那个时候，我几乎忘记了害怕，只想着刚才牵住阿阮手的感觉。

殿内人多，那四个先跑进来的少年已经躲到一些大人身后，那些大人也怕得厉害。其中一个少年慌不择路地跑到了妈妈和阿凤身后。妈妈和阿凤都吓得要命，看那少年躲到自己身后，连让开的力气都没有。追来的一个拿刀少年径直朝阿凤冲来。阿凤牵着阿阮。阿阮也吓呆了。我说不出从哪里迸出一股勇气，一下子就挡在阿凤和阿阮前面，对那个少年说："不准过来！"

那少年见我浑身发抖，满脸涨得通红，立刻举起刀，想朝我砍来。只一个瞬间，他好像认出我是阿强的朋友，将刀子放下了，说了句："你让开！"

我又一次拉住阿阮的手，说了句："阿强呢？他在哪里？"

那少年说道："强哥就在外面。"

我转头看了看身后躲着的少年。他声音发抖地说："他……他们要我给钱，我……我没有。"

拿刀少年横眉怒目地说道："敢说没有？"他又举起刀来。

我感到自己出奇地冷静，跨出一步，指着他说道："不许砍！他是我同学，我去和阿强说。"

拿刀少年瞥我一眼，正拿不定主意，阿强从外面进来了，手里也拿着一把刀。他看见我和阿阮牵手站在一起，又看见我妈妈和阿凤也在，突然凶狠地看我一眼，然后说道："都回去！"说完，他就转身朝外走。那几个拿刀的听见阿强这么说，也都不再动刀，转身跟在阿强身后，大摇大摆地出去了。

看着他们出去，我才突然感到害怕。这一次，我发现我是真的害怕阿强了。尽管我知道阿强带着一帮少年到处惹事，却还是第一次亲眼看见。刚才如果不是阿强正好进来，后果真是不堪设想。

我觉得身上汗毛里渗出一层冷汗。妈妈和阿凤虽然也认识阿强，但在那个瞬间却是一句话也说不出。刚才的场景太吓人了。阿阮忽然哇的一声哭了起来。我赶紧转头对阿阮说："别怕了，别怕了，阿强已经走了。"

　　殿内的惊慌渐渐平息下来。我能看出，这些女人都已吓得魂不附体，我也怕，但看见阿阮怕得那么厉害，我心里忽然又涌上要去保护她的感觉，同时我还觉得，阿强的爸爸在阿阮家的船上干活，他无论如何也不敢去伤害阿阮吧？事实上我的想法也不全对。我应该想起来的，阿强不是对我说过他长大后要娶阿阮做老婆吗？

7

　　那天的事并没有随着阿强将那些手下带走就结束。事情的发展不是他们还要继续追砍那四个少年，而是阿强直接来找我了。他当夜没来，因为晚上我和妈妈在家，阿强从小认识我父母，他大概还不敢对长辈造次。我第二天早上出门的时候，阿强跨着一辆自行车在我家门外等着。我看见阿强那架势，就觉得他不会和平时一样只想来和我说说话，或拉上我去找阳狮喝酒。他那天瞅我的眼神非常冰冷，甚至有点凶恶。看见我出来，他就把头一摆，示意我过去。

　　我走过去了，问他："你找我有什么事？"

　　阿强说："我们到河边去谈。"

　　于是我就和阿强去了河边。

　　秋盆河不是一条激流汹涌的河，它看上去总像少女那样平静和柔和。因为接近出海口，所以船只在这里特别密集，有搁浅的，有正在划动的。两岸的屋檐下，都还挂着一盏盏灯笼，里面的蜡烛已经熄灭了。阿强带我走到河上的来远桥上。这座桥也是我们从小就喜欢的，据说它是日本商人修建的，后来又有一些中国商人将它重修加固。在桥上可以看见整条秋盆河不声不响地往尽头流去。

阿强找我的目的很简单。他说昨天看见我和阿阮的手牵在一起，直接问我"是不是喜欢阿阮"。我有点措手不及，我的确喜欢阿阮，不过也知道，阿阮是富家小姐，我爸爸不过是阿阮爸爸的一个手下。爸爸虽然是工头，也只是比其他船工的收入高一些，我们家并不富裕。在我的感觉里，我对阿阮的喜欢恐怕只能藏在心底，对谁也不能说出来。也因此，我每次想到阿阮的时候，心里总会充满难以言状的感伤。阿强这么突然地问我，我一下子不知该如何回答。我始终记得阿强说过长大要娶阿阮的话。只是我不希望他真的能娶到阿阮。阿强现在不就是一个黑社会吗？阿阮跟着他，能过什么日子！

我不知道我当时是什么脸色，阿强的说话声已经很高了，他说他在拼命攒钱，就是为了以后能娶阿阮。

他还说："你以为我是黑社会是吧？我的确是黑社会，但我不干这个，靠什么办法攒钱？阿阮家那么有钱，她爸爸当然不会将女儿嫁给我，所以我现在找到的是一条生财之道。"

然后他说："你看你现在，能去做什么？你能给阿阮什么？我告诉你，我一定能赚到阿阮爸爸那么多钱。等我赚到了，阿阮就是我老婆了。"

我有点惊讶阿强这么和我说话，因为他这些年都是靠拳头来解决一切问题的。我从他的话中听出两个意思，第一个意思是，我还不是他想用武力来解决问题的对象，毕竟，我们从小一起长大，好像没在什么事上发生过冲突。他平时最愿意的，还是和我一起喝酒，跟我说一些不会对其他人说的话。第二个意思是，他不认为自己是一个别人眼里的坏人，现在虽然每天动拳挥刀，但都是为了以后和阿阮一起过好日子。这个理由我听了觉得特别荒谬，尤其他说要赚到阿阮爸爸那么多钱的时候，我不觉笑了一下。我真的不相信。阿强再有本事，难道会比阿阮爸爸厉害？我一点也看不出他有和阿阮爸爸比较的资本。

阿强见到我笑，立刻恼了。他对我说："你笑我吗？还是不相信？阿陆我告诉你，你会看见我赚钱的！我现在警告你，如果再看见你和阿阮手牵手一起，就别怪我翻脸不认人了。"

这句话真的是在威胁我。我也的确知道，除了他爸爸和妹妹，秋盆河两岸就没有他不敢砍的人。我觉得浑身有些发抖，倒不完全是因为阿强的威胁，还因为突然觉得，凭什么我就不能去喜欢阿阮？你就是喜欢阿阮，阿阮毕竟还不是你老婆，而且，阿阮是不是喜欢你还说不准。照我看，阿阮无论怎样也不会喜欢阿强的。我被他这么一逼迫，倒是忽然就说了出来："我是喜欢阿阮。"

说完我就看着桥下的河水，心里不断盘算，如果阿强真的翻脸不认人，拿出刀想砍我的话，我就立刻从桥上跳下去。我当然不是投河自尽，我太熟悉这条河，水性又很好，这么跳下去，会很安全地游到岸上。所以，我虽然看着河水，眼角余光还是在注意阿强的一举一动。

没想到，阿强咬着牙说了一句："阿陆，算你有种！从今天起，我们不是朋友了。"他说完这句话，就气冲冲地转身推车，跨上自行车，径直骑车走了。

这样结束对我是很好的方式。我并不知道阿强为什么没有像我以为的那样对我动手。我那时只是知道，我逃过了一劫，甚至有种幸运的感受，紧接着，我又被一种说不出的悲伤控制了。是啊，我喜欢阿阮，这种喜欢有什么用呢？阿阮是不是喜欢我呢？如果不喜欢，那我也只是对她单相思罢了，我更知道的是，哪怕阿阮也喜欢我，我们也很难真的在一起。毕竟我和阿阮是两个阶层的人，像阿阮那样的富贵人家，我是高攀不上的，我也没什么出众的能力让她去喜欢。我倒是很羡慕阿强，他好像没觉得他们之间有什么阻碍。似乎只要他喜欢了，阿阮就一定是他的。他目前觉得的唯一障碍居然是我这个不可能和阿阮在一起的人。如果没有我，哪怕我没有喜欢阿阮，在阿强的感觉里，阿阮就是他以后的老婆无疑。这种自信我没有，所以我有点羡慕阿强。我在桥上看着他骑车下去，不觉又呆呆地看着这条河。

秋盆河真的很美，我觉得不可能有比它更美的河了。河上渔船穿梭，整块天空都沉在河里，它就那么一直流到天空深处。云朵在水天相接的地方展开，也不知云朵是从水里出来的还是从天空垂下的。我看不到秋盆河的头，也看不到它的尾，只有眼前这一段河流在又平静又深沉地流淌，似乎无论什么风雨，也改变不了它的本色。不知何时我变得聚精会神了。是的，这条河流永远不急不慢，永远面对它的方向，什么也不能将它阻止。它看起来温柔，实际上所向无敌。

　　我永远记得那个刹那，我看着河很久，看着看着，心里忽然涌起一股和豪情类似的东西，难道我真的就不能和阿阮在一起吗？阿强喜欢阿阮难道不是阿强的事吗？我根本不要去管，如果我真的喜欢阿阮，我就应该去喜欢她。连阿强都知道要靠那种低级的方式给阿阮好的生活，难道我就不能去努力给阿阮好的生活吗？从这点来看，我觉得我真的不如阿强。我根本没理由看不起他。不管他在做什么，他是看得起自己的。是的，他没有对我动手，其实也是看得起我的。怎么看不起我的，偏偏是我自己呢？

　　我双手扶着栏杆，望着秋盆河的远处，真的想一声长啸。是的，我要看得起自己，我要去努力，要去认真地追求阿阮，要在以后给阿阮一份好的生活。

8

生活不能光想不做。这是我十八岁时，在桥上那个瞬间体会到的东西。我检查了一下自己。我现在成年了，不管是不是喜欢阿阮，也不能再在家里靠父母来养活自己。我现在高中毕业了，完全可以出去找份工作了。我不是不想上大学，而是那时会安没有大学。所以，我压根就没想着要去上大学。会安好像也没几个大学毕业生，似乎只要读完高中就足够了。我出去找了几份工作，先是到一家法国人开的公司当文员，法国人要求特别苛刻，我没干多久就被解聘了，原因是一份文稿出了差错，虽然那个差错不大，但法国老板还是想也没想，就把我解聘。然后，我又找了家自行车行。在这里也没干多久，原因竟然是有次阿强带几个人来这里修车，修毕后不给钱，和修车工发生了冲突。我当时在车行里面的办公室，听到外面有冲突声后赶紧出来，结果老板发现我和阿强是认识的。等老板吹哨叫来警察把阿强他们赶跑后，转身将我也赶走了。

我忽然发现，自己好像在哪里都无法干得长久。我的苦恼当然不能告诉父母，爸爸还是多数日子在船上，家里只妈妈一人。

妈妈的身体越来越不好，她若是知道我接二连三地失业，肯定会为我担心，这是我不愿意看见的。人在年轻的时候，是喜欢找个人倾诉苦恼的，哪怕倾诉不能解决问题，但说出来后会觉得心里舒服一点。我这时候的倾诉对象不可能是阿强，他已经和我绝交，我能倾诉的就只剩下阳狮了。

　　阳狮和我同班，也同时毕业。他毕业后没去找工作，他父母也不愿意他去找工作，理由是父母年纪大了，他现在可以代替父母去捕鱼了。阳狮也就自然待在自家船上捕鱼。秋盆河上捕鱼的人家特别多，自古物以稀为贵，鱼在有河的地方自然卖不出高价，所以，阳狮每天捕鱼再多，也赚不到多少钱。不过他们一家对生活能过下去就感到十分满足。对他父母来说，让阳狮念书，也不是想让他从读书中博得一个什么前程，纯粹是当时所有的孩子都去念书了，他们也就让阳狮去念书。我觉得，如果让阳狮从小就跟在船上捕鱼，他们是最乐意不过的。

　　阳狮知道我和阿强翻脸后倒是十分高兴。他从小就被阿强捉弄，却慑于他的强势，从来不敢反抗。我虽然也捉弄他，但他一点也不在意，因为在我和阿强之间，他自然知道阿强的捉弄有恶作剧的意味，我则多半是顺势而为地和他开玩笑（我真觉得是这样）。连阿强都需要朋友，他也自然需要，能和我保持交往，阳狮是很高兴的。他听完我的苦恼后，提出的建议是我没想到的，他居然建议我也去和他一起捕鱼。不管怎么说，捕鱼发不了财，维持生活是可以的。我没想到过要去捕鱼。最起码，阳狮之所以被我和阿强捉弄——说欺负也没什么不恰当——和他们家低声下气的生活习惯有关。我觉得有点难以接受，如果我也去过捕鱼的生活，真的看不到前途。阿阮会愿意嫁给一个靠捕鱼为生的人吗？

我犹豫了一段时间，这件事我没告诉妈妈，倒是告诉了阿阮。自从那天阿强和我在桥上绝交后，我就下定了要去追求阿阮的决心。我当然不敢直截了当地走到阿阮面前问她愿不愿意做我的女朋友，但我还是经常去见阿阮。阿阮那时还没有毕业，我在做文员和车行工作的时候，差不多每天都会去接阿阮放学。阿阮从上小学第一天开始，就是阿凤去送她接她，等阿阮上高中后，她自己也受不了每天让阿凤这么跟着，这只会让她觉得父母认为她始终长不大。对一个进入青春期的人来说，这是最不愿有的感觉了，所以，当阿凤终于不再送她接她了，这个空当竟然就被我接了过来。

最开始，我会假装路过学校，几天后我就发现，阿阮很喜欢和我一起回家。我会陪着她走到她家门口后，再自己回去。我慢慢断定，阿阮是喜欢我的，因为她每次出学校，看见我的第一眼时，眼睛里都会闪出异样的光彩。那种光彩让我心跳得特别厉害。我开始时有点害怕，会回避她的眼神，一段时间后，我不回避了，我相信，阿阮从我的眼神中也会看出我的心思。我们谁也没有说破，因为不敢，也因为害怕，更因为特别享受那种眼神相撞时的美好。我喜欢那种无声，我和阿阮需要的只是一种眼神。我现在多么想再一次看看阿阮的眼神啊，但我已经永远永远不可能了。

在那时，也不仅仅是我每天去接阿阮放学回家，她也会在很多个中午来我工作的地方看我。我能体会，她每次来，也像我去接她一样，装作是正好路过，于是就顺便来看看我。每次她来，我内心的兴奋都难以抑制。第一次看见阿阮居然来看我时，真的就很本能地觉得她会经常来，所以我中午就不再回家了，而是在办公室等她。尽管阿阮不会每天都来，我还是每天都等，不论她中午来不来，我每天中午都会等她。她若是没来，我仍然觉得中午时的那种等待是美好的。当然，我再去接她放学的时候，我不会问，她也不会说，中午她为什么没来。

我去接阿阮放学的事，阿强很快就知道了。有一次我正在校门外等阿阮出来，阿强忽然骑着自行车冲到我面前，对我说："你是不是没事干，天天这时候到学校里来？别以为我不知道你想干什么。"我那时忽然又不怕阿强了，就回答说："这是我的事，你不是和我绝交了吗？既然绝交了，就不要来和我说话。"

这句话把阿强堵住了。他的神色非常难看。我知道，只要他一挥手，他身后站着的那几个人就会冲过来，将我砍上几刀也不算什么意外。但我们都看见阿阮从校门口出来了。阿强像是忍住了非常大的怒火，带着那几个人走了。我知道，他还是不想在阿阮面前暴露出他的暴力本色。我自然能体会，阿强的确是喜欢阿阮的，他还不想在自己喜欢的女孩子面前使用暴力，所以他就这么轻易放过我了。

我还是准时去接阿阮放学。阿阮和以前一样，看见我站在校门外，就对我微笑起来。每天看见阿阮对我微笑，我就觉得内心无比高兴。那天我被前途未卜的忧伤抑制住了，没有像以往那样报以微笑。阿阮立刻注意到了，就问我是不是出事了。我就说了在车行失业的事。阿阮倒是没觉得怎样，就说你可以再去另外找份工作的。我就对她说出了阳狮的建议，没想到阿阮笑了起来："好啊，我爸爸正好有些船不用，你可以到我爸爸那里拿一艘小船。"

我没想到阿阮天真到如此程度，就说："捕鱼是毫无前途的事，我现在想要的是一个前途，否则连女朋友都找不到。"

我承认，我说这句话，其实是想试探阿阮。果然，阿阮听了之后，脸都红了，低着头小声说："你怎么知道你找不到女朋友？"然后她又说："你是不是已经有喜欢的女孩子了？"

我听得有点心惊胆战，以为阿阮知道了我的心事。很奇怪的是，我再看阿阮时，发现她脸上居然有紧张的神色。我当时无法判断她紧张什么，就赶紧说："我没有女朋友啊。"

阿阮像是放松了一样，然后又低下头去。

我真的很喜欢看她那个害羞的样子，也不知我哪里来的勇气，就说："阿阮，我……我想你做我的女朋友。"

这句话真是石破天惊。我说完后就把自己给吓住了，但我还是鼓起勇气去看她。我非常清楚，我之所以敢说这句话，是想如果她不愿意，我就永远不再见她，如果她愿意……如果……如果……我当时头脑一片混乱，不知道如果她愿意，我会怎么去做。只一个瞬间，我看见阿阮脸涨红了，她不说话，低着头的样子好像在轻微地发抖。我不知从哪里涌上来的勇气，小心地伸过手，将阿阮的手牵住了。阿阮的手在我手里又颤抖了一下，但是她没有抽出来。接下来的路程，我们谁都没有说话，谁也没去看谁。我紧张得浑身冒汗，一颗心怦怦直跳，牵着她的那只手也像是被汗润湿了，但我没有松开。一直到阿阮家附近，我们才同时松开手。我看着她进门了，在要关门的时候，阿阮又转过头看我，脸还是通红，嘴角却在忍不住微笑。她好像也不知该说什么，忽然飞快地转身，将门关上了。我在门外站了很久，心里涌上我从未体会过的狂喜。

9

　　我忽然想得清清楚楚，我要去捕鱼。捕鱼真的没有什么前途，但我觉得，不管怎样，我可以先靠它把生活过下来。这是最重要的，我必须有自己独立谋生的手段。这不过是一个开始而已，有了开始，谁知道以后会怎样？如果我拒绝开始，也就是拒绝所有的过程和无法预料的结果。我隐隐约约地感到，我不会一辈子在船上捕鱼的，像阳狮的父母那样。阳狮父母之所以如此，是他们安于现状。我心里的想法是，多少有钱人还不是从最被人瞧不起的行业做起？他们最后能取得万人瞩目的成功，不就是他们不安于现状，一步步改变着自己？

　　想明白这点之后，我决定和阳狮一样，先从捕鱼做起。阳狮和他父母一样，对未来压根没有多少想法。有想法和没想法是不同的。他们没想法，所以捕了一辈子鱼，如果他们有想法，也许早就改变了生活。我记得爸爸说过，阿阮的爸爸就是从给人做灯笼干起的。我们这里每户人家都有灯笼，每天都像过节一样地在屋檐悬挂。阿阮的爸爸就是从制作灯笼的学徒到今天会安最大的米行和船业老板，谁知道他经历了什么？有一点我能肯定，他能获得今天的地位，不就在于他做灯笼的时候就有了很多的想法吗？
尽管我知道，有想法也不一定就代表能最后成功，但没想法，最
后一定失败。我不想我的人生最后失败，重要的是，我告诉自己
我决不能失败。要是失败了，我就不可能给阿阮好的生活了。这
是驱使我的最大动力。

我把要去捕鱼的想法和父母说了。妈妈还真有点担心，在她
眼里，丈夫的生活多半是在船上，丈夫不回家一天，她就担心一天。
没想到她的儿子也要去船上。尽管我的船上生活和爸爸的完全不
一样，妈妈还是担心，她虽然没有明确反对，我还是能体会，妈
妈不希望我去过捕鱼的生活。在每个母亲眼里，儿子都是优秀的，
尤其我的学业一直不错。她总觉得，这个读了书的儿子会有比他
父亲更好的生活，没想到比他父亲还不如。

我说出决定的那天，自然也是爸爸在家的日子。他当时听了
我的想法，没有像妈妈那样反对，只是想了很久。然后我才知道，
爸爸原本想我和他一起过船员的日子，也就是去阿阮爸爸的船队
做船工。在我爸爸眼里，我可以先上船，如果做得好，阿阮爸爸
会慢慢给我升职。爸爸的话的确让我心中一动，如果我真的在阿
阮爸爸手下做事，就意味着阿阮爸爸能尽快了解我。但两个想法
打消了我的念头。

第一个想法是，如果我在阿阮爸爸手下做事，他不可能将女
儿嫁给我。门当户对是所有长辈的想法。阿阮爸爸要嫁女儿的话，
肯定会考虑那些和他一样事业成功的人家，决不会考虑自己手下
的一名船工。第二个想法是，如果我去了阿阮爸爸的船队，就意
味着我也会像我爸爸一样，常年在船上。我哪里舍得一天不看见
阿阮呢？阿阮也不舍得一天不看见我。在这两个想法中，第二个

想法应该是占绝对位置的。

我等爸爸说完他的话后，只想了片刻，就坚决地拒绝了。当然，我的拒绝也得到了妈妈的支持。她从来不会去想，丈夫和儿子都去过让她提心吊胆的船员生活。尽管阿阮爸爸的船队很少出事，但在妈妈眼里，海上的狂风暴雨是不对任何人留情的。我爸爸一直平安，不过是运气好，是妈祖一直在保佑。

我拒绝了爸爸的提议后，爸爸也没坚持他的想法。这倒让我有些意外，从我小时候开始，爸爸在家里一直就是说一不二的人。我记得，我从没有像那天一样仔细地注意过爸爸。我突然觉得心酸。爸爸真的老了。尽管他才刚过五十，他的脸的确是老了，从额头开始，满脸都是皱纹，皮肤红得发黑。每天吹着海风的人，不可能有张年轻的脸。我再看看妈妈，妈妈也老了，尤其眼睛里总露出胆怯的目光，似乎对什么都感到害怕。这是长年累月的担心所致。

在那个瞬间，我觉得我不仅以后要给阿阮好的生活，还要给爸爸妈妈好的生活。我忽然不想爸爸再过那种海上的危险生活，也不想妈妈再过这种提心吊胆的日子。如果他们能平静地过好晚年，那是多好的事啊，就像秋盆河一样，缓慢、绵长、不急不躁地穿过每一个日子。所以非常意外，我第一天划船出去捕鱼的时候，内心并不是我原本以为的沮丧，反而充满一种我没料到的激动。随着我和阳狮的船只划出去，那些沿着船破开的波浪像是第一次向我展开它的千姿百态。我站在船头，远望河的尽处，如今我才是真正投入秋盆河的胸口了。这条我从小就熟悉的河，这条永远安详和温柔的河，这条永远清澈和日夜流向大海的河，开始承载一个少年无尽的梦想。

10

　　我的捕鱼生活开始了。最开始，我是和阳狮一起出船的，那时我还没有船，只能先在阳狮的船上，而且捕鱼也需要技巧，哪怕看起来简单的撒网和收网，也都是需要火候的。阳狮已经掌握了，我还得跟他学会如何捕鱼。尽管阿阮说过，可以让她爸爸给我一条船，但我根本就没想着去要，我不能让她爸爸觉得我是在依赖阿阮。我必须让自己有能力去买一条属于我自己的船，哪怕那条船是条旧船，它却是靠我自己的努力买来的。我看重这一点，所以从来没去提阿阮说过的那句话。阿阮也好像知道我的心思，没有再去提让她爸爸帮助我之类的话。

　　捕鱼并不难学，让我惊异的是，和阳狮在一起的时候多了，我发现我对阳狮真的有点刮目相看了。现在他父母都不怎么上船了，自从阳狮毕业之后，他就独自承担了家里的捕鱼任务。阳狮跟我说过，是他不让父母再上船的，因为他已经成年了，不能让父母再在船上做这些事。就冲这句话，我觉得我喜欢阳狮了，挺后悔以前还捉弄过他。只是除了捕鱼，阳狮其他想法就没有了。

在他眼里，能够每天捕上一定数量的鱼，就算没浪费这天的时间。

我曾问他："是不是打算一辈子捕鱼？"

他说："是啊，除了这个，还能干什么？"

我无法回答，我那时也不知道还能干什么。现在对我最重要的，是先尽快攒下一笔钱来买船。这里的船不贵，尤其那些旧掉的船，岸上搁浅的就有不少。它们是不是还能入水也是个问题，不过我倒不担心这点。只要是船，就自然能够下水。如果船身哪里破了，甚至有漏水现象，也是可以修补好的。关键是我得有条船。阳狮虽然让我和他一起在他的船上捕鱼，但毕竟那是他的船，捕上的鱼大半都得归他。随着日子流逝，我能感觉到，阳狮有那么一点不愿意我上船了。因为我在船上，一些鱼肯定是我捕到的，如果我没在，那些鱼自然都会是他的所得。阳狮家比我家还不富裕，他有那些想法我能够理解。只是他没有说出来，我隐隐约约地感觉到心里的沮丧，虽然每天靠捕鱼实在挣不了多少，我还是咬牙坚持。

在这段时间里，我和阿阮仍每天见面，我每天去接她放学。阿强再也没有在我们面前出现过，但阿阮有天忽然跟我说，阿强来找过她。阿强来的目的非常直接，要阿阮和我分手。阿强还说了什么我不知道，因为阿阮没说，我的心情正处在沮丧阶段，也没去追根究底。在我看来，阿强能说什么呢？连要阿阮和我分手的事都说了，再说其他一些什么也不是不可能的。到第二天，我没想到的事竟然是阿凤又在学校门口等阿阮了，我有点吃惊。当阿凤看见我时，就走过来，有些犹豫地对我说："以后……我……

会来接……阿阮，你就……不要来了。"她继续说，"你……你……阿阮……还没毕业，阿……阿阮还小，阿阮……还……小……"

她说到这里我已经明白了。我和阿阮的事已经被阿阮家里知道了。阿凤是阿阮父母派出来的。他们用这种方式告诉我，不要对阿阮有什么痴心妄想。这件事我知道迟早会发生。我和阿阮的事情应该早在学校里就传得沸沸扬扬了。本来也是，一个人每天在学校门外接一个女生，他又不是她家里人，那他们还能是什么关系？阿阮的确还小，如果学校认为一个学生在恋爱，肯定会阻止的。如果那个恋爱学生的家里知道了，也肯定会阻止的。那些天我心情本来就不好，听到阿凤这么对我说，我心里更加沮丧。但我不愿就这么屈服，我说："我只是路过这里，顺路和阿阮一起回家。"阿凤凝视着我，脸上似笑非笑，继续说："反……正啊……以后，我……我……每天会……来……来接……阿阮。"

阿凤这句话把我下面想说的话给堵住了，而且，我对阿凤撒谎时，心里突然觉得十分难过，我没想过要对任何人撒谎，尤其还是和阿阮有关的事。我以前就盘算过，等买到船了，我就去阿阮家里，跟她父母说我喜欢阿阮的事，我会说我永远不会辜负阿阮，我会说我一生一世都会保护阿阮，会疼爱和珍惜阿阮。这些话我一个人暗自不知练习了多少遍。但我连一条船都买不起，哪里有资格去阿阮家里对她父母说这些话？

放学了，阿阮从学校里出来。她出门就看见我和阿凤站在一起，脸上十分惊讶，一下子站住了。阿凤已经走了过去，说："阿阮……阿……阮，我们……回……家。"阿阮看着我，忽然说："阿陆哥哥，我们一起走。"阿凤显然没料到阿阮会说出这话,她一时不知怎么处理,就想牵阿阮的手,阿阮让开了,说:"我们和阿陆哥哥一起走。"阿凤脸上有点着急。她越急,就越不知道怎么说,阿阮已经过来了,要我和她们一起走。我就跟她们一起往回家的方向走。阿凤不说话了,大概她知道她反对是没有用的,而且,她也会觉得,既然她也在,我和阿阮也就做不出事来。于是阿凤沉默了,我们三人很尴尬地在沉默中回家。当她们到家后,阿阮像每天所做的那样,回头再看了我一眼。只是那一天,她望着我的眼神有点无奈,还有点伤心。我看着也更加伤心了。

阿凤果然每天去接阿阮放学。我坚持了几天,终于觉得无力解决这件事,我想不如我先冷静一段时间,也许一切会好起来的。虽然不去接阿阮放学了,但我真的做不到每天不看见阿阮,于是我就每天收船后到她家门外的那棵树后等着。我没去想阿阮是不是知道我在树后等她。有一天她看见了,就偷偷跑出来。我第一次抱紧阿阮就是在那棵树后。我曾无数次想过要抱着阿阮,总是不敢。只要想想,我都觉得那会是特别甜蜜的时刻。没想到我终于将阿阮抱在怀里的时候,心里涌上的却是无比的悲伤。最要命的是,我想起阿凤说的话,她说得一点也没错,阿阮还小,连高中都还没有毕业,她真的会喜欢我到很久很久的以后吗?尤其是她真正长大以后,她不喜欢我了,会不会觉得那时在我怀里是一种想忘记的耻辱?我现在能够记得清清楚楚,心里那些念头是如此强烈,乃至我几乎有些后悔,我是不是不该去追求阿阮?这个念头甚至让我觉得我是不是在犯罪?阿阮如此天真,如此不谙世事，如此单纯，如一张折痕都没有的白纸，我每次抱紧她，是不是在对她做一件无比作践的事？想到这点，我就连吻都不敢吻她。我看得出，阿阮是想我吻她的，但我没主动，她自然也不会主动。我们就只是拥抱在一起。我抱着她，怎么也舍不得放开。所以，这时候要我放弃阿阮，是不可能的事。很多人都说，初恋是幸福的，也是苦涩的，我真的同时就尝到了这两种携手而来的滋味。

只是我没有想到，后来发生的事像一连串的漩涡，几乎要把我淹到河底。

11

第一件事是爸爸出海半个月后回来了。当我进门的时候，我原本是想和爸爸随便聊聊天的。自从开始捕鱼，我和爸爸的关系不再像童年那样紧张了。爸爸也喜欢和我说话，我们的话题很散，从来没集中过，无非就是我把最近捕鱼的事和他说一下，他把这次出海的事和我说一下。我能够感觉，爸爸虽然不善言辞，但真的很喜欢和我说话，似乎在和我说话的时候，他得到了非常大的安慰。爸爸那时说话，总是重复，还喜欢把无论多小的事情都夸张到很厉害的地步。我不大喜欢听爸爸说话，可还是会很认真地听。我知道这个家是靠爸爸才撑起来的。他的日子过得并不容易。那天我一进门，就发现爸爸那张满是皱纹的脸充满了怒气。我感到奇怪，还来不及开口，他就厉声问我是不是和阮家的女儿在勾勾搭搭？很久以来，他都没有再用这样的口气和我说话了。他说出的那几个字眼让我顿时来火了。我那样珍惜和阿阮的一切。在我心里，我和阿阮清清白白，我一心所想的是如何为了未来奋发努力，阿阮所想的是每天能和我在一起待上那么片刻。怎么我和阿阮之间的纯洁竟然被说成勾勾搭搭？我当时就不想说话，非常气恼地转身进了自己的卧室。

我进门后就猛力将房门关上，连自己都觉得那声关门声惊天动地。妈妈过来了，在门外连连敲门，要我出去。我在气头上，什么话也不想说，把枕头捂在头上，根本不回答。紧接着，我就听见爸爸在外面吼道："才小小年纪，就敢去勾引人家大老板的女儿，是不是想害死全家？"

我听见这句话了，但没办法分析它到底是什么意思。我只是和阿阮在往来，怎么就是要害死全家了？随后，我断断续续听到爸爸在外面对妈妈发火。爸爸将这件事怪在了妈妈身上，觉得是妈妈没有好好管教我，才发生了这样的事。这件事已经让阮家非常恼火。爸爸是端阮家饭碗的人，如果他儿子做出这样的事，只怕他的饭碗也会保不住。那样一来，这个家还怎么过下去？

我在房内听着爸爸火冒三丈地对妈妈发脾气，还颠三倒四地说出那些关键点，我有点茫然了。是的，我和阿阮是在两个完全不同的阶层。这是我很早就知道的，只是我渐渐淡忘了这点，或者说，我以为我能够抹平这点。可到现在我还没做到，哪怕让自己相信，以后我能够做到，那也是以后的事。我现在没做到，阮家就有理由认为我居心叵测。爸爸在外面继续怒斥妈妈，把刚才说过的话又一遍遍重复。说到后来，简直像是已经被阮家解雇了似的。不管他有没有被解雇，妈妈意识到其中的关键，就直接问爸爸："现在，阮家是不是解雇你了？"爸爸还是厉声回答："解雇不是迟早的事吗？这么个畜生，竟然去勾引人家的千金。"他还不知道阮家会怎样来处理这事，只怕解雇已是最好的结果。

我心里真的越来越难受。我有种感觉，我真的会失去阿阮了。

阿强那样霸道，我也没有在他面前屈服，可现在是我爸爸在阻挠我，我一时不知该怎么办。我又听见妈妈低声劝道："阿陆和那个阿阮年纪都还小，他们从小玩到大，也没有什么证据就说我们家孩子在勾引人家女儿，先不要生这么大气，等情况问清楚了再说。"

妈妈的话好像没产生效果。爸爸还是怒气不息，他甚至走到我门前，厉声要我开门，出去把事情交代清楚。

我真的很火大，忍不住起身开门，看见爸爸一脸怒火地站在外面，浑身都有些发抖。见我开门了，他甚至忽然扬起手来，像我童年时那样，要狠狠给我一巴掌似的。我已经豁出去了，就说："我和阿阮清清白白，你不要听见风就是雨，不要以为我还会怕你，告诉你，就是阿阮的爸爸妈妈来了，我也不怕。"

我这句话把爸爸给听愣了，他的手臂放了下去，他脸上的怒火变成了一种痛苦，他指着我，声音发抖地说："你、你知道你在干什么吗？阿阮是阮家的千金小姐，你是什么人？我们高攀得起吗？好！你不怕阮家，那你有胆子就去阮家，去跟阮老板说清楚！"

我狂怒不已，吼道，"去就去！你怕他，我不怕他！"说完，我就大步往门外走。妈妈倒是吓住了，她赶紧拉住我，要我别去。爸爸的火气好像也跟着上来了，可能是我说他怕阮老板的话刺激了他的自尊。他厉声对妈妈说："让他去！自己做出的事，自己去解决！"

我牙一咬，甩开妈妈拉我的手，就冲出门去。

外面天黑了。我关上门时，从天边隐隐传来的雷声我至今都没有忘记。

12

　　到阮家时，我浑身淋得像落汤鸡一样。我知道会下雨，但却不想转身再进屋拿伞。那晚我觉得我什么也不怕，一点雨算得了什么？我疯狂地跑向阮家。转眼间，瓢泼般的大雨伴着雷声和闪电落下来，我就在雨里到了阮家门外。

　　我到阮家门外站住了。不知道是不是淋了雨的缘故，我清醒过来了。是的，爸爸说得对，我凭什么去高攀阮家？看着阮家高达三层的别墅，我心里的勇气也不觉消失了。我想到最关键的一点，阮阮就是在这个富贵之家长大的，我现在能给她什么？让她陪着我去秋盆河上捕鱼吗？那岂不是让人看笑话？秋盆河上的人家谁不知道阮家？谁不认识阮家的千金小姐？如果阮阮真的和我到阳狮的船上捕鱼，那会是怎样一番景象？是的，阮阮很温柔，这是她的天性，她也很美丽，这是她与生俱来的优点。如果让这样一个少女跟着我去船上捕鱼过日子，对阮家来说是不可想象的，我也无法想象那一幕。阮阮喜欢我，但是，那种日子会是她能够接受的吗？我一直就觉得，阮阮是对生活一无所知的人，她习惯了她的生活，习惯了有人伺候，习惯了锦衣玉食。在她眼里，生活好像从来就不是问题，也不会遇到什么问题。我不敢吻她的理由她也无法体会。也许在她眼里，和我的这段感情也不过是少女的一时冲动。我这么冒冒失失上去和阿阮父母说话，不是令人觉得很可笑吗？再看看我此刻的样子，浑身被雨淋得湿透。这个样子居然也敢去和阮家人说喜欢阿阮？别说阿阮的父母，任何一个人的父母也不会答应让女儿和他交往。

我在阮家的大门外再也挪不动步子上去敲门。

我回头看了看那棵树。多少次了，我和阮阮在树后拥抱在一起。我突然想到一个很重要的问题，像我这样一无所有的人，阿阮究竟喜欢我什么？这个问题冒出来，我发现我没办法找到答案。很可能，她只是从小和我一起长大，童年的情感总是美好的，但那又算什么呢？从童年一起长大的男女很多，没见所有的夫妻都是从童年一起长大的。就拿我父母来说，他们童年时压根就不认识。难道我爸爸童年时就没有和他一起长大的女孩？我妈妈童年时就没有和她一起长大的男孩？怎么他们就没有和自己童年的玩伴结婚？而是长大后遇上了对方才组合成一个家庭？我现在回想那个夜晚，真还很惊异我在那个年龄怎么能想到这样的问题。也许，是这场大雨太猛烈了，将我淋清醒了，也将很多问题的答案交给了我。

我记得，我在阮家门外站了很久很久，那扇我几乎每天都会等待的大门一直没开。我那天中午就告诉了阿阮，我爸爸今天回来，我晚上会在家里陪爸爸说话。其实我也是在暗示，阿阮的爸爸也是在这天回来，她也应该在家里陪她爸爸。这是我和阿阮一直以来的约定，如果阮家的船队回来了，至少当夜我们就不要约会。所以，阿阮今夜不会等我，她知道我会在家里，她也会在家里。所以，今晚阿阮不会知道我还是到了她家的门外。和以往不同的是，今晚我来，不是为了和她约会，而是和爸爸发生冲突之后，想来见她父母的。当然，我不会去见了，也没有资格去见。我心里感到无比哀伤，其中既有不能去见阿阮父母的原因，也有恐怕以后不会再见到阿阮的预感。

我真的不知站了多久，雨越下越大。我好像没感受到雨的猛烈，哪怕它将我淋得无比清醒。我终于挪着步子往回走。这让我在哀伤中多少有点瞧不起自己。我甚至在想象，当我回到家，爸爸会如何对我冷嘲热讽。他或许会说："你不是说你不怕阮老板吗？怎么连他们家门都不敢进去了？"我真的想象爸爸会这样说。在那时，我多么想改变我的命运啊。只是，当命运终于发生改变的时候，我没想到会是以那样措手不及的方式。

我转身没走几步，居然迎面遇见妈妈。她撑着一把伞，踏着木屐，急急地迈着碎步。我一眼看见妈妈时，再也忍不住，眼泪忽然就流了出来。我迎上去。妈妈看见我淋成哆哆嗦嗦的样子，她也哭了，冲过来就抱住我，要我赶紧和她回家，还说爸爸会原谅我的。我真的哭出了声音。然后我接过她手中的伞，另一只手将妈妈紧紧抱住，和她一起往家里走去。

第二天，爸爸的预感变成了现实。阮家派人过来了。这次来的不是阿凤，而是我在小时候救阿阮那只小狗时提到过的阿维。阿维也老了。他是给我爸爸送钱来的，不是阮阮爸爸对我们家发慈悲,而是他果然解雇了我爸爸,他结清了我爸爸的工资,还多给了两个月的酬金。好像对阮家来说,多给些钱,就已经是对我爸爸仁至义尽了。

我知道,事情是我引起的,我能够想象阮家昨晚同样出现的风暴。我没有退路了,我得撑起这个家,其他的事都不是我能解决的。爸爸好像也冷静了,他没有再对我发火。他接受了解雇的事实,我也下了决心,再也不去见阿阮了。

13

经过一晚雨淋之后，我第二天发起了高烧，在家里躺了整整一个礼拜才能够出门。我心里一直在算时间，有七天没有看见阿阮。真不知她这些天在做些什么，更不知道她是不是来找过我。到阳狮船上时，我就问阳狮，这几天阿阮有没有来？我和阿阮之间的恋爱我是告诉了阳狮的。阳狮说这个礼拜阿阮从来没来过。我的心沉了下去，阿阮既不知道我病了，也没有来见我的举动。或许，她也屈服在她爸爸的怒火之下了，或许，她听了她爸爸的分析，觉得和我在一起，是不会有好日子过的，于是她也放弃了。

我虽然下了不再去见阿阮的决心，心里却不可能就此放下。我心里暗暗希望她知道我没去见她，是病了的缘故。她有可能知道我今天在河上，会在中午来见我，但是她没来。第一天她没来，第二天她没来，第三天依然不见踪影。这是从未发生过的事。我心里一天比一天苦涩，她既然不来见我，那我更没什么资格去见她了。甚至，我连见她的勇气也没有了。

接下来的一段时间，我极力压制自己不要再去想阿阮，尽管做不到。爸爸如今失业了，他在家里也变得沉默。妈妈总是读着《圣经》，好像经书里的那个上帝会来解救我们。我捕鱼变得越来越疯狂，但还是像我说过的那样，阳狮越来越流露出不想我在他船上的意思。没想到，事情突然解决了。不是我攒了足够多的钱，而是我爸爸用阿阮爸爸给的那笔钱买了一条船。那条船不是新船，可我还是感到十分震惊。爸爸失业，完全是因为我。他眼下全部的钱也就是阿阮爸爸给他的这笔钱了。我没有想过他会用那笔钱去干什么，至少，我觉得他会和妈妈好好商量。我更没想过他会如何使用那笔钱。没想到，他居然用他最后这笔钱给我买了条船。是的，我真的非常深地体会到，这世上除了父母，再也不会有人给你那么多的东西。哪怕在爸爸眼里，以后全家都需要我来支撑，他也完全可以不去动用他的这笔钱。现在他把这笔钱全部花了出去，换了一条船回来。

我原来总以为，当我买到属于自己的船时，我会如何如何欣喜。现在船买来了，我却无法感到兴奋。父亲给儿子的爱，其实和母亲给儿子的爱从来没有分别，只是表达方式不同罢了。而且，爸爸将船买回来后，也不像阳狮的父母那样顺从儿子的意思，让儿子一个人出船捕鱼。我爸爸不让我独自上船。在他看来，他对船太熟悉了，对捕鱼也太熟悉了。他觉得自己一点也不老，完全可以和我一起出船。我没有拒绝，说真的，我盼望能每天这么和爸爸一起捕鱼。我们彼此间的陪伴一直太少，现在终于能每天在一起了，我发现我和爸爸的互相陪伴甚至在短时间内抵消了阿阮消失带来的苦痛。

爸爸果然是捕鱼的能手，而且，有他在，我们可以将船划出很远，一直到秋盆河的出海口。那是我和阳狮以前没有来过的地方。有很多次，我们到出海口之后，爸爸会很无意地告诉我海上那些船的大小吨位、每条船的作用、能跑的航程等。我们这条船不大，船中央有个弯起的竹片船篷。如果出海，它不是很安全，仗着爸爸丰富的海上经验，我们还总是将船划到海上，只是不会进入深海。如果起较大的风暴，它在深海会无法控制。

记得有好多次，我们会遇见阮家的船只，那些船只都非常大，上面堆满大米。爸爸看着那些船，脸上表情会有些复杂。他的大半辈子就是在那些船上，如今因为我，永远失去了再到那些船上去的资格。不过，爸爸再也没有责怪过我。在我们的船舱里，爸爸还会准备一些米酒和花生。他喜欢喝上几杯，我也早被阿强唆使着能喝几杯了。我那时体验到，一个儿子和父亲在一起喝酒，是很奇妙的感受。

最让我想不到的是，爸爸总是要将船划到出海口，他可以远远地凝望大海。海上除了海水和船只，什么也凝望不到。爸爸的凝望是有理由的，他告诉我，在海的那一边，就是中国的土地了。我对中国一直没什么感觉，没想到爸爸的感受会那么强烈。他告诉我，爷爷生前最大的愿望就是回到中国。用他时时念叨的话说，就是一个人要落叶归根。爷爷终究没有回去，所以，他一直希望爸爸能够回去。但爸爸也没有回去，所以爸爸总是告诉我，如果将来可以的话，还是希望我能回到中国，毕竟那才是我们真正的生根之处。爸爸说这些话时我才发现，我们学校里虽然没有开设中文课，家里却一直没丢掉中文。我们在家里始终是用中文说话，甚至，还订了河内办的一份叫《新越华报》的中文报纸。不过，我那时在船上听爸爸讲到这些归国之类的事时，有时会笑起来，说："我们已经三代在越南了，中国已经连亲人都没有一个，回去干什么呢？在这里，中国人不也多的是嘛，尤其是，我们不是已经习惯越南的生活了吗？回不回去已经是很小的一件事了。"

爸爸听我说这些时，总是叹口气，摇摇头，他说他可能是年纪大了，真的越来越希望能完成爷爷留下的愿望。他还说我年纪小，体会不到故国对一个异国他乡的人来说是多么重要。我永远记得，爸爸说这些话的时候，脸上还有一种很古怪的神情。他有次还明白地说过，我们在越南的日子恐怕待不久了。我很奇怪，问他为什么时，爸爸又不回答了，将话题继续扭转到落叶归根之类的说法上。我也没去追究，甚至也即刻忘记了爸爸当时的话和表情。当他再次说渴望我回到中国时，我说好啊，有机会的话，我一定回到中国去。我承认，这是我想宽慰爸爸才说的话，我内心觉得那是不可能的事。我一点也没有想到，几年后我会真的回到中国。我更没有想到，我回到中国，会付出那么惨痛的代价，几乎用我的一生做了抵押。

第二章　恩怨

1

因为我和爸爸是去出海口捕鱼，所以捕鱼的数量自然比在秋盆河上要多得多。两年时间下来，我们家慢慢有了起色。阳狮依然在秋盆河上捕鱼。我们见面不是很多，主要是捕鱼后的销售去向不同。我不是要刻意回避阳狮，因为阿阮的事，我不太愿意和知道这件事的人多打交道。而且，我除了捕鱼送鱼，就是待在家里，对外面发生的事几乎不感兴趣。我虽然和阳狮会有往来，但也没有像以前那样亲密。我能感受到，阳狮对我们家的起色颇有羡慕之情。他最开始以为是我爸爸捕鱼厉害的原因，后来才发现是我们捕鱼的地点不同。有一天，他终于忍不住，提出想跟我们一起出船。我倒是无所谓，甚至我非常清楚，在爸爸买这条渔船之前，是阳狮收留了我，即使他后来有点不大情愿，毕竟也没有明明白白地跟我说过。不管怎么样，我心里是感激阳狮的，如果没有他那段时间的收留和教我怎么捕鱼，我一定早成家里的累赘了。我不会忘记，在我人生出现第一个低谷的时候，是阳狮帮助了我，所以他提出要求之后，我理所当然地应该去帮助他，而且和阿强绝交之后，我觉得我的朋友也就只剩下阳狮了。因此阳狮说出这个要求后，我很痛快地答应了。

那天晚上，阳狮请我喝酒。我发现我真的很久没有和阳狮在一起喝酒了。爸爸自然不会反对一个二十岁的儿子出去喝酒。我们就在秋盆河边的一个小棚里，这也是阿强经常邀我和阳狮一起喝酒的地方。我忽然觉得有很长时间没有看见阿强了。没想到，阳狮说阿强早就被关起来了。我真的吓一跳，阿强怎么被关起来了？阳狮说阿强越来越逞强好斗，终于在一次斗殴中将人砍成了残废。他在秋盆河两岸砍人不少，被他砍成残废的也不止一两个，从来没有被警察抓过。我后来知道，那些警察其实也和阿强没什么两样。阿强在码头上混，自然有警察给他撑腰，阿强做的也就是每个月按时给警察送上不少钱。这次他被抓，是因为被他砍伤的不是普通人家，而是那个法国校长的儿子。他砍伤中国人也好，砍伤越南人也好，过来处理的警察都会在阿强逃离现场后才到，就算有人指证阿强，他也会平平安安地从警察局里转一圈就出来，然后事情不了了之。

但这次他砍伤的是法国人，事情就没那么简单了。从我有记忆开始，美国人就一直在攻打越南（会安很幸运没有成为打击目标），虽然他们两年前停止了对越南的轰炸，但战争毕竟还没有结束。会安虽一直没经历战争，我们听得却已够多。在这场已打了快二十年的战争中，法国人是支持美国人的，从这点来说，阿强砍伤一个法国人，应该是大快人心之事，但事情就这么奇怪，他偏偏不能砍伤的就是法国人。那个校长在会安已经很多年了，他在会安的影响力绝不可低估，现在他儿子被阿强砍伤了，这是警察不能再包庇阿强的大事。不过，阳狮也说了一句："阿强这次砍人，倒不是为了逞强，而是为了他爸爸。"至于事情的来龙去脉，阳狮也不清楚。

我赶紧问："阿强现在被关在哪里？"

阳狮说："还能在哪里，自然是在监狱里。"

阳狮还告诉我，阿强赔偿了校长一笔钱，才被轻判了三年。我心里涌上一阵难过，毕竟，阿强是和我一起长大的玩伴。我还觉得，不管阿强做了什么事，他其实不是坏人，他的种种优点都被我一下子看见了，或者说夸大了。譬如对朋友讲义气，虽然他阻挠我和阿阮，那也不过是因为他也喜欢阿阮。他对家人，尤其对妹妹阿秋很好。小时候他不喜欢阿秋跟着自己，现在长大了，也变得很照顾妹妹了，从来不让妹妹受任何委屈（有这么一个哥哥，也没人敢去欺负阿秋），他居然还知道给妹妹买很多新衣服。而且，他不是还说过要阳狮以后娶阿秋吗？我现在回想起来，阿强大概是知道自己迟早会出事，所以将妹妹的终身大事也在预先做打算。不管是不是如此，我还是愿意相信是这个原因。

阳狮把阿强的事说完了，又忽然问我一句："你知不知道阿阮现在是在哪里？"

我猝然一惊，难道阳狮知道阿阮的下落？时间过去了差不多两年，我心里已在慢慢放下阿阮。这是迫不得已的，阿阮已经消失了。我也曾去过一次学校，想接阿阮。不过，那天在校门外既没看见阿凤，也没看见阿阮从校门内走出来。我觉得阿阮已经不想看见我了，不然她不会不见我的。也许，她看见我在校门外等，就立即藏起来了。我想起阿阮的时候，心里自然很痛苦，我已经在慢慢适应这种痛苦，也在慢慢学会如何减轻这种痛苦。但我真的适应了吗？真的减轻了吗？当"阿阮"两个字从阳狮嘴里出来之时，我觉得内心忽然被一根长长的针狠狠刺了进去。

我端起酒杯，仰脖一口喝干，我能听见我的声音陡然间变得嘶哑："你知道阿阮在哪里吗？"阳狮告诉我，阿强关进去后，他去看过他，阿强放心不下阿秋，一定要阳狮去看她、照顾好她。阳狮答应了，所以，他这两年和阿秋见面倒是不少，阿阮的事情就是阳狮听阿秋说的。原来，阿阮爸爸派阿维给我爸爸送钱的翌日，就当机立断，将阿阮送到西贡去了，难怪在会安哪里都见不到阿阮。

我听了之后，心里觉得异常苦涩。我早就想到阿阮爸爸会采取一些措施，只是没想到他会将阿阮送去西贡。我第一次看见阿阮，就是她和阿凤从西贡来会安，这说明阿阮爸爸在西贡还有落脚之地……但是，我忽然想到一个问题，眼下北越的部队正在一路南攻，报纸上的消息说已经快抵达春禄。作为北方的最后屏障，春禄一旦失守，西贡将直接暴露在越南人民军眼皮底下。就目前形势来看，谁都知道春禄不可能守住，哪怕还有不少美国部队在那里，毕竟南方军心涣散，到了大势已去的挣扎阶段，所以西贡也非安全之地。阿阮在西贡会遭遇一些什么？我越想越乱，有些发抖地端起酒杯，怎么也喝不下去。阳狮还不明白我为什么突然变得如此惶恐。我心慌意乱地说了这个情况，阳狮也一下子不知所措了。

我心里涌上一个冲动，我要去西贡，把阿阮从西贡救出来。

2

　　我当然没去西贡。那里正在打仗，想去也没办法去，更何况，我不能丢下父母偷偷一个人离开。我暗暗忧心如焚，但我知道急也没用。我实在放心不下，开始暗自关注南方的战事。我对战争从来不感兴趣，这可能和阿强有关。在我眼里，阿强那么热衷暴力，他怎么不去参军呢？战争难道不是这样吗？打死的人越多，就越是英雄。他选择的不是入伍，而是在秋盆河两岸砍砍杀杀，如今把自己砍进了监狱，监狱的日子自然不好过。我当时也动过要不要去监狱看看阿强的念头，后来还是算了，他和我既然绝交了，不如索性绝交到底。和他交往能有什么好处呢？我和他走的早已是两条完全不同的路。那段时间，我每天都担心阿阮，不知道西贡那边究竟怎么样了。我更感悲伤的是，时间过去了两年，估计阿阮早忘记了我，说不定她现在已有了在交往的男友。是的，阿阮已经十八岁了，正是恋爱的年龄。不管战事如何，凭阿阮自身的条件，找一个高官人家肯定不成问题，说不定那家能给她很好的保护，我现在这么胡思乱想，是不是有点庸人自扰了？

　　我心里所有和阿阮有关的想法都没告诉爸爸，告诉他也没用，何况，他被阿阮爸爸解雇的原因就是我和阮阮之间的事，我不想在他面前提到阿阮。我总觉得，若是跟爸爸提到阿阮，说不定会引起他的极大不快。这两年和爸爸朝夕相处，我真的不愿意再拿这件事去刺激爸爸了。他现在对生活很满足。但我知道，如果他一直留在阿阮爸爸的船队，很可能已拿到更丰厚的薪水了。爸爸不是贪财的人，但生活需要钱，我也是这两年才算了解爸爸。他对生活几乎没有别的要求，只希望我和妈妈能生活得幸福。爸爸是不善言辞之人，他只知道埋头做好自己的事。就他做的事来说，从来没有什么差池，按他的想法，在阿阮爸爸的船队是可以一直慢慢升迁的。他以前就说过，阿阮爸爸是很重视员工能力的人，我爸爸恰好就是有能力的人。只是发生在我和阿阮之间的事，使他所有的想法都戛然而止。我已经理解他，那晚他为什么那么暴怒，因为他能够预感到，我和阿阮恋爱，这事情将导致全家陷入窘境。对爸爸那样年龄的人来说，男女之情比不过家庭之情。他所做的是为了全家，我却掐灭了他对家庭未来的设想，所以我无论如何不能在他面前提到阿阮。

　　我将我的担忧全部埋在了心底。我能做的就是每天紧张地翻阅《新越华报》，看看南方的战事进行得如何。如今所有人都希望北越能攻克西贡，完成越南的统一大业。唯独我害怕西贡失守，那样阿阮会遭遇什么是我不敢去想象的。

　　我现在羡慕的是阳狮。他接受了阿强在监狱的嘱咐，经常去看阿强爸爸和阿秋。阿强爸爸仍在阿阮爸爸的船队做事。他原来有一个强悍的儿子站在身后，谁也不敢去招惹他。现在他儿子进了监狱，他又自然成为众人轻视的对象。好在阿强爸爸对一切都逆来顺受惯了。按我爸爸的话来说，阿屈是个老实人。当阿强在秋盆河不可一世的时候，他也没有因为儿子而变得趾高气扬。或许在他眼里，一直就知道儿子干的不是正事，而且他个性实在懦弱，发现儿子在社会上横冲直撞，早已心惊肉跳。如今儿子进了监狱，他还是始终如一地做他的船工。阿阮爸爸自然也知道他们父子的事。阿强的入狱并没有对阿阮爸爸产生什么影响。父亲是父亲，儿子是儿子。所以，阿强爸爸还是留在船队，也因此，他还是经常出海在外。

有一天我和爸爸将船划到秋盆河出海口时，正好碰上爸爸以前负责的那条阮家大船。船很奇怪地停在海上，隐隐可见船上的人影慌乱，像是出了什么事。爸爸对那条船很有感情，对那些曾经的手下也有感情，更重要的是，爸爸的海上经验太丰富了。他一眼发现不对劲时，就和我把船飞快地划过去，上了那条大船。

阮家船上果然出事了，阿强的爸爸死了。那些船工都曾是我爸爸的手下，对我爸爸都还尊重，从他们的七嘴八舌中总算听明白了。一些曾被阿强教训或者勒索过的人也在船上，现在阿强入狱了，他们时不时就欺负一下阿强爸爸，话说得也自然难听。也许是在海上待久了，也许是再也无法忍受，也许是血液里终究想维护儿子，阿强爸爸突然反击了，从激烈的口角发展到和几个人动起手来，结果阿强爸爸在有水的甲板上脚下一滑，倒下去时头部正好撞在锚尖上，当场就死了。没有人能有条理地说清当时的突发过程，也没有谁真的要打死阿强爸爸，整个事情中并没有真正的凶手。船工们本想带着阿强爸爸的尸体回去，我爸爸伤感地说了句："阿屈是船工，还是海葬他吧。"

我爸爸当过这条船的船头，现在的船头一来曾是我爸爸的副手，二来已被祸事吓得六神无主，所以也愿意听我爸爸的。于是在我爸爸的主持下，船工们给阿强爸爸举行了海葬。后来我听阳狮说，阮家给阿秋送了一笔钱，算是了结了这件事。阿秋只知道哭，她家里就只剩下她一个人了。

如今阿秋也长大了。不过，因为从小遭人嫌弃，她养成了胆小怕事的毛病。其实也难说是养成，而是阿秋的本性更像她爸爸。这个从小就没妈妈的女孩常年在自卑的阴影下生活。她在学校时，只有阿阮愿意和她接近。她们的接近也只限于学校。阿阮也很难在学校之外对阿秋有什么亲近行为。一来阿阮那时候也小，只是出于本性不愿意阿秋在学校孤独；二来她和我交往后，也慢慢和阿秋少了往来。阿秋自然不敢主动去和阿阮成为朋友。任何人和她接近，她都看成某种没来由的恩惠，总是小心翼翼。当她哥哥在秋盆河呼风唤雨的时候，她和父亲一样，不觉得阿强的事如何值得称道。只是没有人敢去轻视她甚至欺负她时，阿秋觉得日子非常安静。也许，这正是她想要的日子。现在阿强进了监狱，父亲又死了，她除了哭，什么也做不了。唯一让她感到安慰的是，阳狮会经常去看她。也许对阳狮来说，仅仅是接受了阿强提出的要求。阳狮向来最怕阿强，对阿强提出的任何事都从来不敢违背。所以，哪怕他是在监狱里提出的要求，阳狮也会认真执行。

　　我答应阳狮和我一起到出海口捕鱼后，阳狮着实兴奋。他和我们出过几次海后，有一天把阿秋也带到了船上。我真的发现，即使我一直就在秋盆河旁边居住，对那些从小在一起的玩伴，也几乎都是很久不见了。所以，当我看见阿秋时，也发现已经很久没看见她了。阿秋真的长大了。她和小时候也大不一样了，至少不像小时候那么脏兮兮的，她现在是一个少女，也懂得如何让自己变得更加好看。阿强没进监狱前，将不少钱花在这个妹妹身上。所以我现在看见的阿秋早不是原来记忆里的那个样子。我发现阿秋真的很漂亮，和阿阮相比的话，阿秋缺少阿阮身上那股近乎天生的高贵气质，但阿秋自有一种阿阮没有的淳朴。即使阿阮从来不颐指气使，也没有一些想当然的大小姐脾气。简言之，阿阮令人身不由己地想去仰望，阿秋则会自然而然地令人感到亲近。无需更多地交往，谁都觉得阿秋天生和他人没有距离。

　　阳狮是不是真的喜欢阿秋我不知道，至少阳狮自己从来没说过。我看见他们在一起的时候，很奇怪地觉得他们才是亲兄妹。阳狮对阿秋的照顾也特别像一个哥哥对妹妹的照顾。虽然阿强才是阿秋的亲哥哥，但阿强从来没有给我那种感觉。当然，他们本来就是亲兄妹，不需要别人产生他们是兄妹的感觉，阳狮却真的给我他在照顾一个妹妹的感觉。这种照顾让阿秋走出了哥哥入狱和父亲去世的阴影。我记得有次半真半假地问过阳狮："你对阿秋这么好，是不是真的会听阿强的话，长大后娶阿秋做老婆？"阳狮听了后居然涨红了脸，要我别瞎说。我哈哈一笑，也就不再说下去。

　　在我那时的心里，还真的希望阳狮过几年会娶阿秋。至于阿秋，她对我当然不陌生，她也自然认识我爸爸。我记得，爸爸对阿秋很温和，总是微笑着对她。当然，爸爸也知道当初阳狮给我的帮助。我不想说我和爸爸是对阳狮投桃报李，在我爸爸眼里，他是看着我们几个长大的，所以我们都是他的孩子。在一个长辈如何对待晚辈这方面，我爸爸是做得非常好的。于是，到出海口捕鱼的船慢慢就从我和爸爸的一条船变成了和阳狮在一起的两条船。我们都不孤独了，甚至，原本是我和爸爸经常两个人一起喝酒的场景也变成加上阳狮，成为三个人一起喝酒的场景。阿秋不喝酒，只在旁边给我们倒酒。有阿秋在，我们的下酒菜也不再是单纯的一盘花生，阿秋对家里的事几乎无所不会，所以，她会给我们端上在家里煎好的一条鱼和其他菜肴。阿秋的厨艺真的还不错。看得出，这是阿秋慢慢感到幸福的时光，也是爸爸和阳狮很幸福的时光。若不是有对阿阮的担忧，我觉得也会是我很幸福的时光。

3

　　我永远不会忘记的一天终于来临了。那天回家后，我像往常一样，急急忙忙打开当天寄达的《新越华报》，见上面有消息说北越的炮兵开始轰击西贡郊区，并要求所有伪装成外交官的美国军事顾问全部撤离越南，包括南越总统阮文绍身边的美国大使马丁。我看到这消息后心乱如麻，那些美国军事顾问和马丁大使与我无关，而且，不论炮火多么猛烈，他们都可以平平安安地离开西贡。但阮阮不是美国的军事顾问啊，她更不是什么大使，越南人民军怎么可能让一个普通人随随便便地离开，反过来说，一个普普通通的人哪有办法从大军围城的乱境中离开？

　　我惶恐不安，连晚饭也没心思去吃。父母很自然看出了我实在无法掩饰的慌乱。妈妈问我："你怎么了？是不是出海太辛苦了？"爸爸也说了句："如果是累了，明天我就一个人出海。"

　　我听了心里很难受。爸爸年纪这么大了，怎么会觉得他自己不累，反而是那个年轻的儿子累了？我终于咬咬牙，对他们说西贡现在很快要失守。爸爸听了觉得诧异，说全国终于能统一了，

是好事啊，北越政府广得人心，美国人不再能左右越南，不正是
举国翘首所望的事吗？怎么我居然会惊慌失措？爸爸自然知道我
对政治不感兴趣，甚至连政治是什么也压根不明白。我心乱到极点，
终于不想再隐瞒了，就对爸爸妈妈说："阿阮在两年前就被她爸
爸送到西贡去了，现在西贡正受到炮火攻击，不知阿阮的生死如
何？"

　　我话音一落，就见父母惊讶得面面相觑了片刻。爸爸很诧异
地说："怎么你和阿阮还有联系吗？"我摇头说："没有了。"
妈妈看着我问道："是不是你心里没有放下过阿阮？"

　　我点点头。我应该承认，这是我从爸爸那里学到的，男人不
可以撒谎，更不可以对自己撒谎，尤其在情感上，是怎样就得承
认是怎样。阿阮是我的初恋。我怎么可能忘记她？她现在身处险境，
已经到了生死关头，我怎么可能无动于衷？

　　说过这些之后，我再也忍不住，将我和阿阮之间的交往原原
本本地说了一遍。甚至从我和阿阮相识的童年说起。是的，我和
阿阮是青梅竹马的初恋。我们之间没有惊天动地的故事，甚至还
有些平淡，但所有的平淡在恋人眼里，都是无法忘怀的点滴。点
滴成涓，每一个波澜都在我心里，时时撞击。两年来，我无日不
念阿阮，却无法知道她的任何一个信息，如果不是阳狮告诉我，
我都不知道阿阮早已去了西贡。如今她真的危险万分，我却不能
为她做任何事情。

　　说到这里，我真的有点想哭，哭是可以发泄的。那晚在阿阮
家门外的雨中是我哭得最厉害的一次，也是迄今最厉害的一次。

我真的以为，在哭过那么一次之后，我会终于放下阿阮，可现在我知道，我还是放不下，而且在对爸爸妈妈说我和阿阮之间的事情时，我们经历过的点滴又从内心泛起。阿阮的一切都在我脑海中清清楚楚。我以前强行压下的全部情感都在涌现，我真的再也无法将它们按捺下去。我真的想看见阿阮，我思念了她这么久，真的想再看见她，哪怕一次也好。现在她将如何度过这次危险？更令人狂乱的是，她能不能度过这一次危险？

我说得越来越乱。不知道是不是我的表情吓着了父母，他们都不说话，只是听我时慢时快地诉说。我后来才能明白，对父母来说，听见我说出这些感情，说没有打动他们是不可能的，但要说有多么地被打动又不见得了。可有一点却是明白的，我是他们的儿子，现在他们的儿子如此痛苦，这是最让他们担心的。

接下来发生的事我万万没想到。妈妈见我情绪激动，她忽然站了起来，像是有点着急地走进里屋。我没去想妈妈去里屋干什么，我的情绪非常激烈，恨不得马上飞到西贡，将阿阮从西贡带出来。妈妈很快又从里屋出来，手中拿了几封信。她递给我，告诉我说，这是阿阮写给我的。因为我每天都出海去了，这些信都让妈妈接收了。她之所以没有给我，是害怕我知道阿阮有来信之后，会做出让她预料不到的事。毕竟，在她和爸爸眼里，其实也在我眼里，我和阿阮是不可能有结果的，如果藕断丝连，对谁也没有好处。没想到妈妈观察了我一段时间，发现我没有再提阿阮，以为我放下阿阮了，她就更不想让阿阮的信使我偏离现在的生活轨道，所以她再三想过之后，没有在当时把这些信给我。

　　我看见阿阮居然给我写了信，震惊得无以复加。我甚至来不及去分析妈妈说的理由，就浑身发抖地站起来，立刻将阿阮的信抢在手中。那些信都没有拆开过，封口还用胶水粘着。我跌跌撞撞地跑进自己房间，将门关上，手指发抖地将阿阮的信一封封拆开。

　　阿阮的信不多，一共五封。第一封是她刚到西贡时写的。她告诉我已经到了西贡，让我放心，也说明了她爸爸当时的怒火和决定。她说她很想我，希望能尽快收到我的回信，尤其说最盼望的是我不要忘记她。我浑身发抖，又打开第二封信。这封信是她告诉我，她没有收到我的回信，非常着急。她现在在西贡的学校继续念书，她甚至告诉我，是否知道她为什么会喜欢上我？原因竟然是我那时奋不顾身地跳下河去救她的小狗。她不知为什么，总记得我当时跳下水去的情景，因为没有人像我那么做。我看到这里，眼泪都快下来了。男人永远不知道女人为什么对自己动心，也许就那么一个短暂的瞬间。她接着说，是不是她第一封信忘记写地址了？现在她把收信地址告诉我。第三封信隔了一段时间。她仍然在担心，因为我始终没有回信，问我是不是我父母在强烈反对？就像她父母一样。她告诉我，这是她第一次喜欢一个男生，她不想那么轻易就放弃，但一直没有收到我的回信，她哭了好多次，而且，一直陪着她的那条鬈毛狗也老死了，她伤心了特别长的一段日子，并说自己再也不会养狗了。我看到这里时，眼泪终于流了下来。第四封信和第三封信的内容差不多，继续说在等我的回信，继续说自己是多么喜欢我，喜欢我抱着她，喜欢和我一起牵手散步，问我是不是在忘记这些？看得出，阿阮写这封信时已经很伤心了。

第五封信最短，说如果再没收到我的回信，那就是说我已经不喜欢她了，那么她伤心也好，无论怎么也好，不会再期待我的来信了。

我拿着这五封信，翻来覆去地看。我真的非常伤心，甚至有点恨妈妈了。她既然收到了信，怎么不给我？妈妈刚才说的理由我一句也不记得。我看到第五封信上的邮戳日期，已经是一年多前的。也就是说，阿阮已经对我死心了，她等了那么久，不会再等下去了，因为她说得明明白白啊，如果再收不到我的信，就当我不喜欢她了。我想着一年前我在干什么。其实也不用去想，我不过就是在和爸爸出海捕鱼。那时候，我真的在极力告诉自己要忘记阿阮，我在告诉自己，阿阮已经不再想我。我内心翻腾的感受真的无法用清晰的语言说出来。我真的恨妈妈吗？有点，但我又如何能真的去恨自己的妈妈？我看着信，一年多了，有一年多了，阿阮没有再给我写信。是的，阿阮终究是一个少女，她前后写来五封信，需要多大的勇气才能放下矜持？我虽擦干了眼泪，浑身仍是在抖个不停。

大概见我一直没有出去，爸爸妈妈都有些着急。妈妈走到外面敲门，我慢慢走过去，开门见到妈妈在外面，她脸上的表情我同样无法描述，有担心、有自责、有疼爱、有歉意。我忽然一把抱住妈妈，尽量让自己不出声，可眼泪都流在妈妈的肩膀上。

4

我终于松开妈妈，说要出去。是的，我得出去，家里的空气我觉得实在太压抑了。其实不是家里，我现在在任何一个房间，都会觉得压抑。我走出去时，妈妈问我："这么晚你去哪里？"我没有回答，但打开大门时，我还是回头说了句："我去找阳狮。"

其实我不想找任何人。我走出门后，看着满天星斗，很想让自己冷静下来。但在那个时刻，我如何能冷静？我不想在房间里待着，是我觉得我的胸腔会在逼仄的空间里炸裂。我一时竟然还忘记了西贡正在受炮火攻击。我想着的只是这两年来，阿阮竟然先后给我写了五封信，她是如何等待我的回信的？真的不敢想象。我竭力回想阿阮的每一个瞬间，她总是很温柔地对我微笑的样子，我还想起她在我怀里的时候，总是微微闭上眼睛。我能感觉，她在等我吻她，可是我们始终没有吻过。我发狂地回想一切，终于按捺不住地朝阿阮家中走去。我简直不知自己究竟是狂乱地走过去的还是一路跑过去的。我终于到了阿阮家门口。

已经两年了，我再也没有来过这里。我害怕自己过来时，会因为思念导致控制不住自己。我知道我现在对家庭和父母的责任，我害怕到这里来，会让我忘记责任。我在那棵榕树后面站着。我和阿阮多少次在这里拥抱。这棵树如此古老，如此巨大，它活那么久，是因为它是植物而没有情感吗？或许是的，人活不了像一棵树那么久，是因为人有植物没有的七情六欲。但如果人没有这些，活着又有什么意义？这棵榕树活了几百年，其实也孤独了几百年，如果没有情感，活那么久干什么呢？我摸着榕树，它的树皮真是粗糙！它看见过我和阿阮在一起的时光，却从来没说过一句话，也从不告诉我们它的岁月是如何度过的。我想着这两年没有阿阮的日子，我过的不就是这榕树的日子吗？我没有人可以倾诉，料想阿阮也没有，所以才不顾一切地给我写信，我竟然从来不知道。

我抬头看着阮家。那幢高大的别墅和两年前相比，没有任何变化。现在还没到深夜，阮家灯火通明。我忽然想到，我如此担心阿阮，难道她父母就不担心吗？阿阮爸爸当然比我有办法得多，现在西贡如此危险，他难道不会想办法让女儿离开吗？说不定，他早就让阿阮离开西贡了。这个念头一来，我觉得心里忽然好受了一些。阮家的灯光和两年前也没有任何变化，还是一盏盏白炽灯光从窗口泄出来，像不出声的流水一样。我突然非常好奇，这幢房子里的人现在在干什么？是不是在想办法应对现在的时局？我看着那两扇合拢的大门，它们呈弧形关闭，如果推开，会发出咿咿呀呀的声音。我两年没有听见那样的声音了。今夜我是听不到的，或许永远也不会听到了。我心里明白，这可能是我这一生最后一次站在阿阮家的门外，虽然我站的地方距离那两扇门只有十几步的距离，但我知道自己不可能走过去，阿阮也不会在门后出现。她家里的所有陈设我都还记得清清楚楚，奢华、昂贵、堂皇。我不会再进去，也没想过还要进去，阿阮不在里面，那里对我来说就没有任何意义。

阮家灯光虽然明亮，却没有任何声音从里面传出来。当然，有灯光就表示里面的人还没有休歇。里面肯定有人在说话，只是房间的说话声不可能传出来。我站了到底有多久我不知道，只是感觉，我到这里，是来和阿阮告别的。两年前我们没有机会告别，两年后同样没有，但我需要和她道别，哪怕是对着两扇紧闭的大门。

我终于慢慢从这里离开。我不是回家，记得两年前那场大雨，我浑身淋透，回家时遇见了妈妈。那晚我想着回去，今晚我只想去曾和阿阮到过的每一个地方道别。是的，我知道阿阮不可能再等我。我的沉默对她来说，不仅是无情的，更是绝情的。我没有机会去解释，也不可能让一切重来。我从内心知道，阿阮不会等我的。我的沉默对她来说，已经是决绝的表示。

我独自走向教堂。我很少自己去教堂，我不是基督徒，但以前也陪着妈妈来过教堂。我现在并不是想去祈求上帝，我知道教堂也已经关门了。我是想去教堂后面。那里是我和阿阮从榕树后离开，经常去的地方。那里很安静，也不会有什么人看见我们。我现在回想，我们之所以经常去教堂后面，是因为教堂的威严在提醒我们不要控制不住情感而做下什么越界之事，同时还因为我们不约而同地希望我们的交往不要被任何人知道。在我心里，我和阿阮之间的一切是纯洁的。上帝在看着我们，上帝可以为我们作证。

　　时间还不晚，尽管天色黑了。我在教堂前面的空阔地上看了很久。我从小就熟悉这座教堂。它有一个又高又尖的屋顶，屋顶上是一个粗大的十字架，十字架下面是一面用罗马文字标注的时钟。这个尖顶两边并排着两幢更高的平整塔楼。它们共同构成教堂的正面，很像我在图片上看见过的巴黎圣母院。事实上，这座教堂就是法国人修建的。他们按照巴黎圣母院的样子修建了它。或许，所有的教堂都是这个样子？我不知道，也从未去打听。月亮升起在教堂顶端，我和阿阮曾经无数次在那里仰头看着月亮。月亮从诞生之日起就是这个或圆或缺的样子。它让世界上的每个人都喜欢，尤其是恋爱中的人，它从来没有被人讨厌过。我记得，和阿阮看着月亮时，说过很多恋人在一起时说过的千篇一律的话，但我们总是说不厌。我凝望着那个高高的十字架，我以前从来不信上帝，但在那一刻，我真的希望能撞见上帝说过的奇迹。

　　我慢慢绕过教堂，后面就是我和阿阮经常在一起的地方了。那里很少有人去，同样有很广的空间。我还记得那些墙壁，我和阿阮总是靠在墙上，手牵着手，舍不得放下来。在那里，我们连拥抱也没有。我担心我会控制不住，我不想亵渎和阿阮之间的一切。我们只是牵着手。我还记得阿阮说，很想把自己的手镶嵌到我的手心里去。每次听到她这么说，我就不由得更紧地握住她的手。我们经常坐在那些台阶上，特别喜欢风吹过来时，感觉整个世界都在风里变得清凉和安详。

　　我永远不会忘记我那晚的震惊。是的，我在家里已经震惊过一次了，但还是比不上转到教堂后的震惊。我看见一个少女在那里的台阶上坐着。我凝视着她的背影，觉得自己有种在做梦的感觉。我不敢想象天黑后会有一个少女独自到这里来坐着。风吹过来，我鼻孔里仿佛嗅到一股熟悉的香味。那是我抱着阿阮时，从她头发上闻到过的香味。我忽然感到脚下如同地震一样发抖。是的，虽然看见的只是一个背影，但我认出来她是谁了。

我突然像是用尽全身力气，才声音发抖地喊出了一声"阿阮"。

5

　　那少女听见喊声后回头看我，我还是不敢相信，她果然是阿阮。那一刻，她脸上的表情任何人都不可能描述。她惊讶得睁大眼，完完全全地愣在原地。她的脸色苍白，我能感觉她和我一样，浑身都在发抖。我不相信居然能看见阿阮，阿阮也不相信会看见我。在那一个瞬间，我们就这么看着彼此，仿佛觉得一切都在身边退去。我从来不相信有奇迹，可现在面对的不是奇迹又是什么？我不敢相信自己的眼睛，更不敢相信这一刻是真的。怎么可能？阿阮不是在西贡吗？怎么会突然出现在会安？而且，我来到这里，阿阮居然也在这里？这是不是我产生的幻觉或者干脆是在一个梦里？

　　我全身哆嗦，阿阮也在发抖。我不记得我们互相看了多久，可能只有短短一秒，也可能比我们曾经所有的岁月还长。我突然恢复了意识，终于狂喊一声："阿阮！"我喊完之后，就朝阿阮跑过去。

　　阿阮还是站在那里。她呆呆地看着我，被一种不相信的感受笼罩了。她眼睛里同时充满狂喜和悲伤。我的喊声使她浑身一震。

她也清醒了过来。我几步跑到她面前，将双手按在她肩膀上，摇着头，几乎像是喊着说："阿阮，真的是你？你怎么会在这里？"阿阮看着我，眼泪忽然流了出来。她忽然挣脱我，哭着说："我不要见你！我不要见你！"我一愣，随即就明白她是因为从未收到我的回信，以为我早就放弃她了。我赶紧又上去，再次将双手按上她的肩膀，我狂乱而迅速地告诉她，我从未收到她的信；我告诉她，她的五封信我是今天才看到的；我告诉她，这两年里我一直都在想她，只是不知道她去了哪里，甚至，我是最近才知道她去了西贡；我告诉她，知道她在西贡之后，我每天都恨不得能飞到西贡，把她从西贡带出来。

阿阮听着我一连串前言不搭后语的诉说，她只是看着我，流着泪，慢慢地摇头，又慢慢地点头。等她终于明白了，才哇的一声大哭，扑在我怀里。我双臂抱紧她，急急地说："阿阮，我再也不要你离开我了。"阿阮抬起头看我，她的眼睛在月光下如此凄迷、如此忧郁、如此震撼着我的整个心魂。我突然忍不住了，低下头，将嘴唇盖在阿阮的唇上。这是我第一次吻阿阮，或许，这也是阿阮第一次接受一个男人的吻。阿阮的眼泪流入我的嘴唇。吻不是甜蜜的吗？怎么会又苦又咸？那一刻，我真有天旋地转的感觉，将阿阮抱得越来越紧。我不敢吻太久，松开了。我看见阿阮满脸泪水，又满脸通红。我还是不敢相信地看着她，终于问她是怎么从西贡离开的，什么时候回到会安的？

阿阮依偎着我，我们在台阶上坐下。阿阮告诉我，我那时每天去接她放学，就已经有人去告诉她妈妈了。她妈妈立刻让阿凤开始去接送她。等她爸爸出海回来之后，十分震怒，当夜就决定解雇我爸爸，还决定第二天就将阿阮送到西贡。也就是那夜，阿阮才知道，直接告诉阮家我和阿阮在交往的人居然是阿强。他不知道如何得到阿阮，只能让我和阿阮分开。他想到的竟是这么个办法。

　　阿阮不肯离开会安，一向听女儿话的父亲不再像以前那样顺从了，他甚至害怕女儿当夜偷偷跑出去，将她在房间反锁了一夜。那夜的暴风雨掩盖了她的哭声。她父亲没想过退让半步，等天明之后，立刻派阿凤和阿维将阿阮强行送走。阿阮到西贡之后，终于偷偷找到机会给我写了信，但一直没收到回信。她被阿凤监视的生活可以忍受，收不到我的回信却伤心不已。她终究不愿意相信我会如此冷漠，又接着写了后面几封信。等到第五封寄出后仍只得到沉默时，她痛哭了一场。接下来的日子开始担惊受怕了，北越的人民军节节南进，阮文绍政府军无法在任何地方进行抵挡。不过，她父亲的米行主要是运送军粮给交战双方的部队，所以，她爸爸和南北双方的高官都有千丝万缕的联系，在人民军命令美国军事顾问和马丁大使离开的前几日，她已被安排上了一艘丹麦的船只，先到了香港，再从香港回到会安。而且，阿阮竟然是今天才回到会安的。她回来后，没有向父母打听我的消息，在她心里，我既然一直不回信，自然是屈服压力而选择了放弃。这是最让她感到伤心之事。所以她今天回来后，没想过要去找我，只是想去曾经和我一起待过的地方走一走。没想到，她的想法也是我的想法。我真是觉得这世上的确有心灵相通之事，我到教堂这边来，不也是因为怀念阿阮才过来的吗？我们过来，都是为了怀念过去，没想到竟然就这么撞在了一起。

我将阿阮紧紧抱在怀里，说道："阿阮，经过这么多事，经过这么长的时间，我们还能在一起，我说什么也不会再离开你了。"阿阮听了，仰起头看着我，说道："阿陆哥哥，我也不想离开你，可是我爸爸妈妈不接受你，怎么办？"

是的，这问题不是今天才出现的，是我和阿阮的恋情一被知道后就出现的。我捧着阿阮的脸，凝视着她说："阿阮，现在我们长大了，不再是孩子，我要去你家里，和你爸爸妈妈说我爱你，我会用我的全部来营造我们将来的生活。"阿阮看着我，慢慢点头。她闭上了眼睛，我不由得又深深地吻下去。

我当时就决定了，今晚我就去阿阮家里。阿阮想了想，要我别着急，不用今晚就去。她说她爸爸整天都处在慌乱中。那是她从未见过的状态，可能家里有些什么事。她要我等她的消息，等她家里恢复正常后再去。我答应了。我没料到的是，那晚也许是我最后一次去阿阮家里的时机，那晚之后，我再也没机会到阿阮家里去了。

6

阿阮已经回会安的事让我无法抑制激动。我们内心都被重逢的喜悦充满。那晚我把阿阮送到那棵榕树下才分开。我看着她进去，又听见那两扇门发出的咿呀声。我真的觉得自己无比幸福，哪怕见到阿阮并不等于阿阮父母就接受了我，但不知为何还是充满了信心。不是说我们家目前的状况已好转得可以和阿阮家相提并论了，那实在还差得太远。我只是觉得，有阿阮在，我对未来的一切都无所畏惧了。

那晚回去后，爸爸妈妈正在家里为我担心。爸爸甚至去了趟阳狮家，但没有见到我。他们不知我去哪里了，都十分焦急。我出去时满怀伤心，回来时竟然喜悦盈腔，他们不由得诧异万分。我自然忍不住，将阿阮已经回来的消息告诉了他们。父母听了也惊喜异常，不管以后阿阮能不能成为他们的儿媳，至少，阿阮的回来使他们放下心来，一来阿阮终究是平安的，二来阿阮的回来影响了我的心情，也自然影响了他们的心情。看得出，妈妈几乎要向我道歉，觉得不该将阿阮的来信藏那么久。但这些已经都不算什么了。阿阮回来了，我和她之间的误会也说得一清二楚。我现在只是想着如何去阿阮家里，如何跟她父母去说。

爸爸听我转述阿阮说她父亲整天都在慌乱时倒是留心了。他仔细问我当时阿阮究竟是怎么说的。我倒是有点诧异，不知道爸爸为什么要关心这些。我还真有点记不清当时阿阮是怎么说的。我的内心被狂喜充满了，其他的都没怎么认真去听。我努力回想，才说阿阮说她父亲和往日的状况完全不同，像是被什么事绊住了。爸爸一定要我将和阿阮见面后听到的她家里的状况说得详细些。我不知怎么说才算详细。我忽然想了起来，就说："阿阮之所以能顺利离开西贡，是她父亲的大米差不多同时运往南北两个阵营，说他在发战争财还真恰如其分。"

爸爸听到这里，眉头皱了起来，他总觉得其中有非常不妥之处。当然，他在阮家船上待了那么多年，总是执行阮家安排的任务，对任务的性质从不去判断。现在他是局外人了，对一些事情忽然看得格外清楚。他说："阮家只怕会出事。如果战争不结束，阿阮父亲还可以左右逢源地过下去，如果战争结束了，就意味着其中的一方将被彻底打垮。那么，和失败方有过往来的人将遭殃无疑。阮家虽然和北方也有接触，甚至说有贡献也说得过去，但他毕竟也在给南方提供军粮。如今南方失败在即，阮家和南方的种种往来必然遭到清算。我担心，阮家的好日子只怕要到头了。"

我听了爸爸说的这些话，心里着实感到震惊。在会安，阮家多么有分量！我童年时只听说美国在进攻北方。会安不是军事目标，没有遭遇过美军的炸弹袭击。我们没有目睹战争，只是听说战争，总觉得战争离我们很远。我那时唯一知道的是，阮家是秋盆河两岸最有势力的家族。阿阮爸爸从来不苟言笑，总给人高高在上的感觉。难道这一切真的要结束了？

本来，我因为见到了阿阮而感到无比喜悦，现在听爸爸一番话，又不禁暗暗担起心来。不仅对阿阮，对她整个家都有点担心。我一直觉得，阿阮父亲在会安影响力大，他的身份、地位和阮家的富裕状况不会改变，但是现在，连我也感觉到，越南的一个新时代将很快来临了。我不知道会发生什么，但能感觉很多东西将会发生变化。也许，事情会真如爸爸所言，阮家会在变化里首当其冲。

那晚我很久都睡不着，对我来说，真是一生中最感到跌宕起伏的一晚。首先是妈妈给我看了阿阮的信，让我心情乱到极点，接着又不可思议地见到阿阮本人，让我陡然跃上幸福的顶峰，最后爸爸的话又让我变得提心吊胆。这种起伏的速度来得太快，我无法做出任何准备，就被这些突如其来的事弄得惴惴不安。我不知道，这是不是就是人生？尽管我知道人生不易，这两年在海上捕鱼，看起来简简单单，还是经历了不少险情，幸好爸爸凭借经验，才逐一地化险为夷。我记得爸爸那时就说过，他以前在海上，真是什么样的风浪都见过，所以面对出海口的险情，他自然能从容应对。我真的有了体会，生活就是一场场颠簸，你得从颠簸中汲取经验，没有经验来支撑，太容易被风浪吞没。

我自以为在海上获取了应对风浪的经验，没想到现实的风浪比海上的还要惊心动魄，它可以在短时间内接二连三，让你连喘息的机会都没有。我对爸爸说了想去阮家和阿阮父母见面的打算。

爸爸不反对，但他还是觉得阿阮说得不错，不如等等再看。

我在黑暗里辗转反侧，再也没有见到阿阮的喜悦，反而被一种无端来临的可怕预感给笼罩了。我不知道会出什么事，只觉得四面八方都有黑压压的东西过来，我睁着眼，对着漆黑一团的暗处，什么也看不清。

7

接下来的几天，几乎是越南历史上最充满变数的几天。从报纸上得知，在春禄防线崩溃的当晚，阮文绍在电视上发表了辞去总统职务的讲话，已经七十一岁的副总统陈文香接任总统。再过几天，陈文香又宣布辞职。接任总统的杨文明在四天后向人民军投降，北越坦克进入了南越总统府。我不清楚在那些激流涌动的时日，南越政府官员处在一种什么样的境地，我只知道，北越领导人黎笋取得了全国政权，越南在经过二十一年的内战之后，再次完成了统一。整个国家沉浸在喜悦当中。

我也应该为之喜悦，但我喜悦不起来。那些政治事件和一个普通人是无关的。这是我那时候的认知，其实哪有人可以置身事外？所有人的命运都会随着国家命运的改变而改变。会安也在变化，即使那种变化是不知不觉的。曾经雄视一方的阮家忽然变得谨小慎微。当然，阮家依然还在会安，阮家的生活还在继续，船队也在，只是没有像以前那样经常出海了。要说阮家就此没有了海上生意也不对，阮家不过是缩小了曾经的生意范围。他们家还在那幢别墅里居住，那幢房子依然令很多人难以靠近。我觉得和以前相比，阮家的门庭有些冷落，哪怕在我以前的记忆里，阮家也从来不是车水马龙的地方，但能感觉那幢别墅的威严，现在那幢房子像是透不出那股气势了。也许爸爸说得不错，阮家的日子会不好过起来。不过，就我所看见的来说，阮家依然保持着体面。至少，他们家从不缺钱。我们所有人的生活不就是为了每天能够挣到钱？

阿阮回来的消息很快在秋盆河传开了。阳狮和阿秋也知道了。他们对阿阮的回来感到兴奋。尤其对阿秋来说，阿阮从小给她的温暖是她不能忘记的。阳狮自然也感到高兴，对他来说，阿阮是他曾经的童年玩伴，阿阮从来没有架子，另外理所当然的是，他知道我和阿阮之间的事情，自然希望我和阿阮能有个好的结果。我不知道他为什么会觉得我和阿阮之间不会有阻力。我和阿阮的见面不多，主要是阮家变得沉默，阿阮毕竟是少女，还不能知道家庭会遭遇什么变故。她有时会和我谈到她家里的事，在她看来，父亲和从前相比，变得完全像是两个人了，总是在紧张中茫然无措。这是阿阮特别不习惯的。她习惯了父亲驾轻就熟地面对和处理一切问题。现在她能感觉，父亲遇上了前所未有的难题。至于是什么难题，却是她无法得知究竟的。

她和我说起这些事时，我就更感觉爸爸的分析特别有道理，但我不敢和阿阮说，我怕阿阮听后会产生不好的心情。是的，她现在每次见到我，心情都格外明朗。她能感觉，她父母都不怎么关心她现在出门是和什么人接触。他们被另外一些更重大的事占据了心神和时间。在阿阮爸爸一次出门之后，阿阮甚至也登上我们的船只，和我们一起去出海口捕鱼。听阿阮说，她爸爸是去了西贡——更准确地说，他是去了胡志明市。当北越军队攻克西贡后，就将它改成了那个市名。不过很怪的是，一直到今天，越南人还是喜欢在说话聊天中将它继续称为西贡。

阿阮爸爸去胡志明市干了什么我们都不得而知，阿阮也不知道，不过，她对能和我一起出海捕鱼特别兴奋。阿阮家虽然有船队，阿阮却从来没有在船上这么待过。她爸爸这次去西贡有一些日子，阿阮就几乎每天都和我们一起出海。那些日子爸爸很高兴，我也高兴，阳狮和阿秋也高兴。只是好时光总是短暂，我们的心情很快被两件事打入了低谷，一件事是可以预料的，另外一件事是我没有想到的，甚至是被我遗忘的。能够预料的事是，阿阮的爸爸果然出事了，当他从西贡回到会安，就被作为里通南越的犯罪分子给抓了起来。阮家就这么突然垮了下来。另外一件没想到的事是，阿强出狱了。

这是我几乎忘记的人，他重新回到了秋盆河上，我们注定将和他打更深的交道。

8

阿阮爸爸的入狱来得非常迅速，我爸爸虽预感过他会出事，却没料到会来得这么快，而且是以入狱的方式。在那时，与南越通敌的罪名不小，任何人也扛不起。不管阿阮爸爸为北越做过什么事情，在通敌的罪名面前，那些事都算不了什么了，谁知道他给南越军队运送了多少军粮？谁知道他是不是间谍？阿阮爸爸被捕的那天，正好我们在海上，一直到黄昏时才回来。一回来，就看见阿凤站在岸上接我们。她一看见我们，就急急忙忙地过来。她脸色早已苍白，我们一看就知道是出什么事了。果然，阿凤结结巴巴地告诉我们，阿阮爸爸被抓走了。阿阮当时就急了，我不知该说什么好，赶紧陪同阿阮一起去她家。阳狮和阿秋也紧跟在后面。

我们到阮家时，阮家门外已经站了很多警察。那些警察得知过来的是阿阮，挥手让她进去了，但不准我们进去。警察还严命我们，不准在这里观看，因为那个家是危险的通敌分子之家。

我要阳狮和阿秋先回去，自己却在远远的地方等着，我想知道结果。但那天我是注定等不到结果的。天黑后妈妈找过来，阿阮家的房子还是被警察包围着。我不肯跟妈妈回去，于是她就陪着我一起等。阿阮终于出来了。她知道我会在外面等她。她走到我面前的时候，几乎是六神无主地倒在我怀里，说爸爸被捕了，妈妈的精神已经崩溃。我非常着急，这时候我只能尽力安抚她，告诉她也许情况不会那么糟，阿阮爸爸一直有很多关系，说不定过几天就会出来。我想陪阿阮到她家里去，阿阮说警察不会同意阮家之外的任何人进去。她保证说明天会来找我，要我先回去再说。她不能离开她妈妈，家里的所有人都离不开她。她出来只是想告诉我，要我先赶紧回家。于是我和妈妈回去了。

第二天一早，我起身就往阮家跑去。阿阮和她妈妈都不在，只有阿凤在榕树那里等我。看见我之后，阿凤说阿阮和她妈妈去警察局看她爸爸去了。她留在这里是等我过来的。我想，阿阮家警察不准我进去，但警察局是不能将我挡在外面的。于是我就和阿凤一起赶到警察局去。

我不记得多久没看见过阿阮爸爸了，那天是我最后一次看见他。阿阮爸爸已经不再是我记忆中那个面对万事都沉稳如山的男人了。他头发凌乱，衣服皱巴巴的。他看见我过来倒是意外，他也不多说别的什么，只是希望我能好好照顾阿阮。这是我一直渴望听见的话，没想到是在这样的场所。但是很奇怪，他忽然又问了我一个问题，问我是越南人还是中国人。我回答说我是中国人。他"哦"了一声，脸上的表情开始复杂起来。沉思片刻后，他挥挥手要我先回去，说还有其他话要嘱咐阿阮母女。阿阮好像一夜之间变得坚强起来。她说一定要请律师，在法庭上洗脱爸爸的罪名。阿阮父亲很冷静地说现在做什么也没用了，然后又催我走，同时还对我说了声谢谢。

我离开时，他没再说要我照顾阿阮之类的话。

　　阿阮爸爸后来就被判刑了，罪名是通敌，被极为迅速地判处了死刑，家产也全部充公。阿阮妈妈和阿阮在经过天崩地裂般的痛苦之后，阿阮非常勇敢地接受了这个事实。她和她妈妈只从家里收拾了一些细软，就从那个别墅里搬了出来。我在我家附近给她们母女租了一套房子。她们就在里面暂时居住了下来。

　　现在她们不需要仆人了，让阿维和阿凤也离开。阿维走的时候我也在场，这个年岁已老的男人对阿阮妈妈跪下来辞行。当时阿阮哭了，她妈妈哭了，阿凤哭了，我也很难受。阿阮妈妈让阿凤也离开，阿凤说什么也不走。她一着急，说话更加不连贯，只说："我……我不……走……我……我……留……下来……陪……陪你们。"她这句话说了很久才说完，眼泪一直在流。阿凤终于没走，她仍和阿阮母女住在一起。

　　阿阮妈妈不可能外出做事了。从那天开始，阿阮就真的成为我们船上的人了。她原本是大小姐，什么也不会。家里的剧变让她突然成熟了一样，她认真跟我爸爸学习怎么捕鱼。之前那些天，她在我们船上，更多是觉得好玩，现在不同了，她觉得不能成为我们的负担，一定得自食其力。她觉得这条船毕竟是我们家的，而且，这条船当初能被我爸爸买下来，恰恰是因为她父亲当时解雇我爸爸时付的几个月工资。阿阮觉得很难过，如果当初她父亲不那么决绝，说不定我爸爸在这几年里已经攒下不少钱了，也就不止买一条船。我当然不允许阿阮有这样的想法，她答应我了，保证说不再有这样的想法，可我还是看得出，阿阮捕鱼时非常卖力，几乎比得上一个男人。我不想她那么累，可又阻止不了她，她说捕鱼是非常好玩的事，我不是很爱她吗？怎么爱她会不让她去做她觉得好玩的事？我还是坚持让我来多做。阿阮没再和我去争，可总是会暗地里多做一些事。

阳狮和阿秋早已习惯和我们的船一起出海。所以，现在经常是我们五个人一起出海捕鱼了。阿阮妈妈在家，幸好有阿凤照顾，另外我妈妈也会经常去看阿阮妈妈。阿阮现在和我住得非常近，所以我妈妈经常会过去。

我和阿阮现在每天在一起了。这是我以前最渴望的事，现在渴望成真了，我们却很少亲热。她被巨大的哀愁吞没了，我也感染了她的哀愁。我们虽然很少再去亲热，却更像是一家人了。或许这才是真实的生活，有人与你相濡以沫，在最表面的平淡里感受彼此的内心。这点其实和阳狮他们也很像。如今阿阮每天和我们在一起，阳狮也和阿秋每天在一起了。最开始，阿秋不会每天都跟着阳狮出海，不知哪天已变得自然而然，阿秋每天都会在阳狮的船上出现。她一直喜欢阿阮，或许，这个从小被人嫌弃的少女更理解阿阮目前的内心。我早已发现，在整条秋盆河上，除了我妈妈，再也没有任何人会去看阿阮妈妈，仿佛她们家是个罪恶得令人要绕道而行的该唾弃的家庭。

有一天我们从出海口返回到秋盆河时，已到太阳将沉未沉的黄昏时分。我们两条船先后靠了岸。我还没来得及将船舱里的鱼拖出来，就听到岸上有人在哈哈怪笑。我听那声音真是太熟了，弯腰从船舱探头出去。只见岸上站着一个体格魁梧的大汉。他在笑过之后，对阳狮说道："阳狮啊，小虱子，你这么照顾我妹妹，我可真得好好感谢你。"

我一眼就认出来了，那个人是阿强。

9

阿强因砍伤法国校长的儿子而入狱三年。现在三年还未满，他已经出来了。外面的世界已有了天翻地覆的变化，那个法国校长早离开了会安。越南统一了，阮家也一夜间轰然倒地，秋盆河两岸再没有一手遮天的人物了。对阿强来说，外面的世界又依然没变。在他眼里，不论哪个党执政，最普通的生活深处，还是由弱肉强食的丛林法则左右。他入狱前相信的是拳头，现在出来了，相信的还是拳头。

当夜，他把阳狮和阿秋叫去喝酒。他不叫我去，照他的说法，我以后怕是很少能陪阿阮了，因为他出来了，该是他来陪阿阮了，所以，我那天应该好好和阿阮再说一会儿话。我听了阿强的话当然很气恼，我以前没怕过他，现在更不会怕他。我就沉着脸回答他说："除了我，没有谁有资格陪阿阮。"

这句话让阿强哈哈大笑。他又说了句以前说过的话："阿陆，你确实有种！"他这时看见我爸爸，倒是不自觉地收敛了一下，甚至还跟我爸爸打了个招呼，然后就要阳狮和阿秋去陪他喝酒。阳狮就算不想去，也不敢不去，阿秋看见哥哥出狱了，倒是真的很高兴，她也叫阳狮一起去，阳狮就更不能反对了。我看着他们三人从来远桥上走过去。我又看看阿阮，阿阮的脸色有些鄙夷，对着阿强的背影冷冰冰地看了几眼。

阿强的出狱对我来说的确是个麻烦，这不是我怕不怕的问题，阿强在入狱前手下就有一帮小混混跟着他到处惹事。他在监狱里待了两年多，不久我就知道，他在监狱里也很快成了里面说一不二的牢头狱霸。一些和他一个监狱出来的人又都成了他的手下。在秋盆河上，阿强又一次成为人人惧怕的凶狠角色。现在这个角色要对付的人是我了，因为他不愿意看见阿阮和我在一起。他早就说过，长大后要娶阿阮做老婆的。现在他已经长大了，到了兑现他自己的诺言之时。当初他看见我每天接阿阮放学，还只是将我们的行为去告诉阿阮的妈妈。现在不一样了，他用不着去告诉谁。对阿阮妈妈来说，如今害怕的倒是我不去看她们。我看得出，阿阮妈妈希望我能娶阿阮，这也是我最盼望的。我之所以还没有向阿阮求婚，是总觉得还不到时候，最起码，我还没有完全地从父母身边独立。我不能让父母为我操心一辈子了，还要多给他们一个人来操心，尽管他们现在也在操心阿阮不少的事，但毕竟还没有操心到是家人的程度。我对阿阮，倒有了亲人的感觉，我觉得我们迟早会在一起。阿强的突然出现是我没有想到的。我能够感觉，阿强现在会用自己最习惯也最擅长的方式来解决问题。

第二天出海时，我明显感到阳狮的眼光在回避我。我肯定这是和阿强有关的。阿秋倒是脸上有些不高兴。我看在眼里，心想，他们昨天去和阿强喝酒，估计是阿强的一些话对他们产生了影响。只是那些影响的效果，在他们两人那里是不同的。阳狮一直胆小，估计被阿强的某些话给吓住了，阿秋是阿强的妹妹，她很可能会赞成哥哥的一切说辞。不过，自从阿秋和我们经常一起出海之后，我能体会，阿秋对我和爸爸的感觉非常好，我们之间的相处一直非常融洽。如果阿强说的一些话对我不利，说不定阿秋也会有自己的一些想法。

中午我们在船篷里吃饭喝酒时，阳狮已经不能不面对我了，我就直截了当地问阳狮出了什么事，不要瞒我。阳狮说话期期艾艾，看看我，又看看阿阮，再看看我爸爸，不知怎么说。阿秋倒是说开了，说她那个哥哥也不知是哪根神经出了毛病，居然想打阿阮的主意。她要我别去理睬阿强的话。她还说，阿强是自己的哥哥，但在这件事上，她是不会赞成哥哥的，她觉得我和阿阮一直很好，我和阿阮就应该在一起。这是我们从未谈过的话题。毕竟这是我们个人的私生活，私生活是不需要拿出来谈论的，除非当事人愿意说出来。我们现在有的只是默契，尤其在我爸爸眼里，我和阿阮就如同阳狮和阿秋一样，都会自然而然地走到一起。现在我们不是已经每天都在一起出海捕鱼了吗？这是一种共患难。没有人可以将患难之情割裂开来。

我听了阿秋的话倒是笑了，就说阿强可能有这个想法，但感情的事是需要双方都愿意的吧？阿阮在听到阳狮的话后，不以为意地撇撇嘴，说那个阿强是自己非常讨厌的。她说这话时也没去想阿秋在场，她听到阿阮这么说自己的哥哥是不是会心里难受。阿秋倒是一点不难受。在她看来，哥哥现在出狱了，应该去好好找个营生，这样才能过好以后的日子。难道他还觉得那些刀头舔血的日子是可以长久的吗？我没想到阿秋会说出这样的话。我爸爸倒是说，阿强其实也还没有真正成熟，很多事，他也分不清轻重。尤其是，爸爸认为现在全国统一了，法律制度正在建立，现在的警察已经和以前不大一样了，未必还会允许阿强继续为所欲为。其实阿强以前也没有做到真正的为所欲为，如果做到了，也不会在监狱里待上几年了。

阳狮听我们你一句我一句地说完，还是有点紧张，他吞吞吐吐地说："阿强昨天说了，等他忙完手上的一些事，就会来直接找阿阮了。"阿阮听了，冷冷地说了句："我最瞧不起的就是他那样的人。"她说这句话时，海水正在起伏，我们的船只随之动荡。放在桌上的酒杯左右倾斜，我们赶紧端起各自的酒杯，一些酒还是洒在了桌子上。

10

我们都没想到，几个月后，阿强在秋盆河上，居然弄出了一支八条船的船队。其中七条是小船，另一条船特别大。这就是阳狮所说的阿强最近手上在忙的事。我们自然不知他是从哪里弄到那么多钱的。我总觉得，那些船不是他威逼来的，就是干脆抢来的。要阿强身上有几个干净的钱是不可能的事。我能够认出，那条大船居然还是以前阿阮家的运输船。阿阮父亲入狱之后，他所有的家产都充公了，包括那些船。现在阿强居然弄到了以前属于阿阮爸爸的一条船，阿强的神通不小，我不能不佩服。爸爸和阿阮也当然认出了阮家的船。尤其是爸爸，比阿阮还熟悉那条船，他以前就是在那条船上负责运输的。他们只是看着，无法去判断阿强是从什么地方弄到的。不过事情也很快能被揣测出来，阿强出狱之后，迅速和新来的镇长等官员有了交情。阿强对官员们素来出手大方，那些官员也乐意和阿强打交道。一是能从阿强那里得到不少好处，二是阿强在秋盆河名声太大，他们也需要阿强这样的人替自己干些不方便出面的事。

我忽然意识到，以前阮家在秋盆河上的势力，现在已经被阿强取代了。不同的是，阮家的船队那时主要是运送大米，阿强的船不是运送大米的，而是被打造成游船，做起了生意。他以前喜欢提着刀，喜欢看见血，现在他不用亲自提刀了，唯他马首是瞻的少说也有几十号人。无论他走到哪里，身边总有五六个凶神恶煞的打手，尤其是一个叫阿正的人，他原本是和阿强一起坐牢的，他脸上的一道刀疤令人望而生畏。他们倒是不经常使用武力，坐船的人交钱就行，如果船客和阿强安排的收钱人发生任何摩擦，阿正就会立刻带上五六个打手，凶相毕露地围过去，让对方瞬间胆战心惊，再也不敢造次。最令人感到恐怖和意外（其实也没什么意外）的是，秋盆河上的所有船只都得按时给阿强缴纳保护费。谁要是不给，谁的船就没办法在秋盆河上入水了。

有点奇怪的是，阿强没要我和阳狮两条船的保护费。阳狮的船上有阿秋，阿强自然不会来收自己妹妹的保护费，我的船上有阿阮和我爸爸。阿强很奇怪地从不招惹我爸爸，当然，他更不会开口向阿阮要钱。我记得有次阿正想背着阿强来收我的钱，那天妈妈病了，爸爸和阿阮在家照顾，没在船上。我当然不肯给，于是阿正亮出了刀，我横起了桨。眼看要打起来时，闻讯过来的阿强飞快地插入我们中间，不由分说，当胸给了阿正一拳，喝令他回去。从那以后，阿正再也不敢对我们乱来了。

事情的确古怪，阿强不收我们的钱，在阳狮那里还说得过去，我总觉得对我不是什么好事。那时阿强的船队几乎占据了整个秋盆河。他对那八条船也有分工，七条小船在秋盆河上游荡，大船可以出海。那艘大船是阿阮和我爸爸无比熟悉的船。他们现在当然不会去坐。爸爸每次看见时，不免有些唏嘘。阿阮只第一次看见时诧异了片刻，然后就再也不多看它一眼了。

秋盆河看起来没有任何变化，却真的不再是我心目中的那条河了。阿强有时会在来远桥上看着我们两条船同时回来。他看着我的眼神冷冰冰的，他身后站着的那几个打手也冷冰冰地打量我们。阿阮从来不去看他。我总觉得，阿强对我还暂时手下留情，是因为他妹妹总是和我们在一起往返。阿强不论多么喜欢暴力，对这个妹妹总是格外照顾。他曾公开说过，希望阳狮以后和阿秋在一起，所以他从来不让阳狮去参与他们的事情。大约他在那些事情上吃过亏，知道不是长久之计。阳狮性格本也老实，阿强特别在意的，似乎就是阳狮的性格老实，这样可以免去很多无妄之灾。现在他自己的势力如此强大，谁又敢随便欺负阳狮和他妹妹呢？谁都知道他妹妹以后一定会嫁给阳狮的，所以老实巴交的阳狮在秋盆河还总会得到些自己没预料过的客气。

我那时只隐隐觉得，阿强没来打扰我和阿阮，也许和阿秋不无关系。

但阿强终究不是听命于妹妹的人。我那时不知阿秋究竟能对她哥哥产生多大的影响，至少我能感觉，撇开阿秋，阿强从拉支船队的起念到完成，然后进入他掌握的轨道，不是短时间内能完成的，所以，我和阿阮有很长一段日子还算风平浪静。我们现在的日子比以前过得有起色多了，我也慢慢攒了些钱，我总盘算着再多攒一些之后，就向阿阮求婚。我甚至无数次想象过那个求婚场景，我把它设计在秋盆河岸，夕阳西下，月亮已经出来，我手里捧着一大束花，那将会是多美的场景！

现在，阿阮和我的关系越来越亲密，我们真的已完全像是一家人了，只是我和阿阮始终保持最干净的关系，我不想亵渎阿阮。在我内心，这世上不会有比阿阮更纯洁的女孩了。我珍惜她的纯洁，一点想去占有她的心思也没有。我们只是偶尔晚上出去牵手散步。但我们也不可能每晚都出去，阿阮妈妈的精神始终没有恢复过来。阮家的突然垮掉和阿阮爸爸的死刑对阿阮妈妈的打击太大。她现在很少出门，幸好阿凤一直在，她对阮家一直忠心耿耿，以自己的全部心思照顾着阿阮妈妈，打点屋里屋外的一切事务。阿阮也需要经常陪着她妈妈，我也经常去。阿阮妈妈的租住房离我们家不远，都在同一条街上。平时我和爸爸出海了，妈妈也会时常带着从不离手的《圣经》，过去和阿阮妈妈说话。我晚上处理完捕到的鱼后，也会去阿阮家里待上很久。看得出，阿阮妈妈很喜欢我，她很多次轻声说，希望自己能看到女儿的婚礼。我知道这是她作为长辈的一种应允。我希望能在几年内攒下更多的钱，给自己再买一条船，这样可以让我爸爸的船完全在爸爸手上，阿阮妈妈需要照顾，我看得很清楚，年纪慢慢老去的父母也需要我的照顾。当然，阿阮对我父母也一直十分敬重。我爸爸妈妈非常喜欢阿阮，在他们眼里，早就把阿阮当作陆家的媳妇了。在阮家垮掉之前，这是他们不敢去想象的，现在则是每天在他们身边发生的。

不过，我们的日子也并非从此风平浪静。我说过，生活掀起的风浪永远比海上的风浪要猛，也更令人措手不及。就在我以为生活将一步步好起来，将按照我的想法行进的时候，一场谁也控制不了的激流席卷了整个秋盆河。事实上，它席卷的是整个越南。我们在这股激流中根本没办法站稳脚跟，无数人卷入其中，直到我们的生活被它全部吞没。

11

我在很长一段时间里，总会时不时想起阿阮爸爸刚刚收监之时，我和阮一家去看他，那天他问我是越南人还是中国人的话。我的确感到奇怪，我们家和阮家同住会安，我爸爸还在他的船上干过那么多年，他不可能不知道我爸爸是中国人，那么我也自然是中国人了。这件他明明知道的事居然还要当面问我，好像想从中确定他当时的某个想法似的。他的想法自然没说，我当时也没想过要问。后来我才体会到，对阿阮爸爸这类当机立断的人来说，已经知道阮家不可能东山再起了，女儿的未来是他最关心的事。他问我那个问题，其实是有意将阿阮许配给我了。我们家的一切都是他了解的。当他确定我是中国人后，神情变得欲言又止。当时我不明白他的举动，现在我懂了。那时他已经知道，这点会在不久后造成很难扭转的困局。毕竟，他曾和政府高层打过交道，能预测到某些将发生的事，更可能的是，他在西贡时已经听到了某些秘密的风声。

事情不是一两天内发生的。我也不记得从哪天开始，秋盆河上出现了一些官方船只。这些船只自然不是针对阿强的游船。阿强和官方打交道早已有套驾轻就熟的手腕。似乎从会安的镇长开始，就没有他不认识的，他和官方船只不仅互不干涉，还有些亲密的往来。那些船上的警察他无一不识。陆上的警察也明显多起来。我起初没怎么注意，后来发现时，已经想不起是从什么时候开始的了。警察不是来维护治安的。秋盆河上的治安也没什么问题，阿强收取了所有船只的保护费，也就意味着秋盆河上没什么大事可出了。阿强会把一些状况处理得游刃有余。很奇怪的是那些警察针对中国人而来的。但他们不像要抓捕哪个中国人，而是预先做好对某种突发事件的应对。不是阿强不能应对，毕竟那是官方之事，还轮不到阿强来处理。我直接面对这件事是从阳狮和阿秋开始的。

我不可能忘记事情发生的那天，我们在秋盆河会合之后，阿秋的脸色就极为低沉。她很少这样，阿阮就问她是不是身体不舒服。阿秋有些气恼地说和身体无关，是昨晚阿强回家后对她说，以后少和阳狮往来，也少和我们往来。阿秋当然不想听哥哥的话。在她看来，阳狮和我们，早已和她自己家人无异，阿强以前不是还一直希望阳狮和妹妹确定下关系，两人能够结婚最好，怎么忽然就不要她和阳狮往来了？我问到底是怎么回事，阿秋说出的原因更怪，她说阿强告诉她，让她和阳狮少往来的原因竟然是阳狮是中国人。阿强还告诉阿秋，会安的中国人迟早会全部回到中国去，阳狮自然也避免不了，如果阳狮回中国去了，自然也就会和阿秋天各一方，别说结婚，连见面都不可能了，趁两人还没结婚，不如早些断了往来更好。

阿强的理由的确古怪，我们家和阳狮家的人虽是中国人，我们却已经至少三代在越南生活了，我们自己都没有想过要回中国，怎么阿强说阳狮会回中国？我爸爸倒是一直希望我能够回到中国，完成我爷爷的生前愿望，但它真还不是想完成就能完成的。我们身上虽然流着中国人的血液，却都是越南国籍。从这个角度来说，我们实际上是不折不扣的越南人，怎么阿强说阳狮会回到中国去？这点连阳狮自己都不知道，甚至，他从来就没有那么打算过。我至今都记得阳狮当时脸上的诧异神情，他说阿强简直在造谣啊，他怎么可能回中国去？他一没钱，二没想法，三在中国早没了亲人。这点和我真还是一模一样。我虽然经常被爸爸灌输要回中国的念头，但从阿阮登上我们的船只那天开始，爸爸就再没说过这个想法了。在他看来，哪怕仅仅因为阿阮，我也不可能回中国。那么阿强跟阿秋说的话究竟是什么意思？他当年要阳狮以后娶阿秋的场景我还历历在目。我知道阿强再怎么不走正道，说出的话却是从来没有收回的。他当时说的话让我和阳狮惊诧莫名，现在阳狮和阿秋真还习惯在一起了。我也看出阳狮真的喜欢阿秋，阿秋也对阳狮有不小的依恋。事情的发展，真还会按照阿强的意思行进，怎么那个最先提出要求的人突然要收回他的要求了？

阳狮像是很怕阿秋会按照阿强的意思来做，又赶紧补充说："我不会回中国去啊。"阿秋仍在生气，就说："谁知道是不是真的？说不定就是你想回中国去，被我哥哥知道了。"阳狮赶紧说："这可真是冤枉我了，"然后他又认真地对阿秋说，"你在哪里，我就在哪里。"

　　我在旁听了有点想笑。这么久了，我还是第一次听见阳狮说出这些类似表白的话。这句话倒是有了效果，阿秋乜了阳狮一眼，眼神却充满柔情。

　　我笑过之后，又看向阿阮。阿阮没笑，脸上还有些茫然。不知怎的，她的表情让我忽然想起阿阮爸爸问我的话来，一种不祥的预感突然涌将上来。听阿秋的话，阿强的意思不是说阳狮会回到中国，他说的是整个秋盆河两岸的中国人都会回到中国——会是真的吗？当时阿阮爸爸欲言又止的神态又回到我的记忆中来，难道阿阮爸爸在那时就知道会发生什么事吗？我看过阿阮一眼后，忽然就笑不出来了。

　　我划动船时，内心的不祥预感变成了莫名其妙的慌乱。这是我很久没有过的感觉了。我转头去看阿阮，她也正朝我看过来，我们的眼神撞在一起。我看得十分清楚，阿阮眼里也有种说不出的慌乱。我想安慰她，对她笑了笑。我很清楚的是，那一刻我几乎找不到话说，我的笑其实很勉强，只是想驱除掉心里无端涌上的慌乱。我能感受那种慌乱在内心变得越来越强烈。阿秋倒是一直在生气，不知道哥哥制造那样的谣言究竟是什么意思。

12

接下来的几天，阿秋很奇怪地没有和我们待在一起。我们觉得，或许是阿强真的不准妹妹和阳狮往来，或许是阿秋和哥哥在发生冲突，心情不好，以致都不想出海了。据我们了解，阿秋虽然一直胆小，她哥哥却始终对她颇为爱护。阿秋怕任何人，唯独不怕阿强，偏偏其他人又都惧怕阿强。这大概也是生活的某个法则，一物降一物，真是没什么可解释的。所以，阿秋这几天的沉默，我们都倾向于阿秋在和哥哥赌气。

那天出海回来后，我在家吃过饭，想着有几天没去看阿阮妈妈了，就出门往阿阮家走去。

以往我去阿阮家，阿阮妈妈和阿凤都特别高兴，但那天有点不同，我一进去，就发现阿凤和阿阮妈妈的脸色有些不对，阿阮在她们身边，脸上也显出焦虑之色。她今天和我们在海上时还没有过这种神情。我知道，一定是她回家后听到了什么。果然，不需要我问，阿凤在我坐下后就赶紧说："阿……阿陆……你……你不……会……回中……国……去吧？"

我愣住了，不明白阿凤怎么会说这样的话。当然，前几天阿秋说的话我还记得。我也隐隐感到会出什么事。于是我赶紧说："我不会回去的。"我看着阿阮妈妈，很诚恳地说，"我会在这里照顾阿阮的。"说完，我又看向阿阮。没想到，阿阮咬着嘴唇，像是在忍住什么一样。

阿阮妈妈声音很轻地说道："阿凤告诉我，说所有的中国人都要回中国，阿陆，你听到这消息没有啊？"我真不知该如何回答。这消息我自然在阿秋那里就听到了，只是我们都不愿意相信。国家统一还不久，越南和中国不一直是最融洽的邻居吗？几百年来，已不知有多少中国人在越南的土地上繁衍生息。他们来越南的原因林林总总，不管怎么说，毕竟在越南扎下了根，很多中国男人娶了越南女人，也有很多中国女人嫁给了越南男人。对这些或娶或嫁的普通中国人来说，这块土地已经是自己不会再离开的土地。我也没想过要回中国，我从小在这里长大，这里有我的一切，尤其还有阿阮，不管爸爸曾经多么希望我回中国，我知道我根本不可能回到那片还十分陌生的国土上去。

阿凤说话虽然迟缓，却是阿阮家显得最着急的那个。她结结巴巴地告诉我，这些天她每天出去都会听到越来越多的传闻，在会安甚至在整个越南的所有中国人都将被遣送回中国。其中的原因她打听不到，传闻她已不止听一两个人说过，更不是今天才听到。她内心对这传闻颇为抗拒，一心希望它是假的，所以也一直隐瞒着阿阮母女。她们一个每天在家，一个每天出海，自然听不到类似传闻。现在，传闻越来越多，也越来越广，阿凤觉得无法再隐瞒了，就在这天等阿阮回家后说出来了。

我越听越惊讶，不禁站了起来。难道阿强告诉阿秋的话都是真的？难道我真的要被遣送回中国？这令我感到震惊的消息真还不可能听而不闻了。我看看阿阮妈妈，又看看阿阮。阿阮说话的声音已有些哽咽："阿陆哥哥，如果你真的要走，那你就走吧。"

这句话让我一下子觉得浑身发冷。我也顾不得她妈妈和阿凤在场，走上去，蹲在阿阮身边，伸臂将她抱住，说道："阿阮，我说过的话你忘了？我这辈子不会离开你，我要一直陪你，也要你一直陪我，你不是答应过吗？"

阿阮边流泪边擦泪，抽抽噎噎地说道："我答应过你，可是……可是，现在到处说你们要回中国，那天阿秋也说过的，我……我当时就知道，你也迟早会离开越南的。"

很久以来，我觉得阿阮已经越来越坚强，她的心理承受能力和处事能力在迅速地超过她的同龄人，我几乎没再看见她伤心流泪了，即使她偶然说起她父亲时仍免不了感伤，但那也只是很短暂的时刻，没想到此刻面对我或许将离开的消息，竟会不知所措到哭泣的程度。我真的感到无比感动，但阿阮的话让我心中忽然一动——她说到阿秋，是的，阿秋那天是转述阿强的话，那么阿强一定是知道究竟的。我立刻对阿凤说："阿凤，这些话你是听谁说的？"阿凤还是磕磕绊绊地回答："我……我……到处……都……都在……说啊。"

我立刻转过身，对阿阮妈妈说道："我现在去找阿强，他应该知道到底是怎么回事。"

阿阮一听我要去找阿强，不禁吓一跳，她赶紧站起来，一把拉住我，说道："你去找阿强？他一直那么恨你，现在他不来找你的麻烦就已经是够好的了，你还去主动找他？别去。"

阿阮妈妈也吓住了，她声音有些发抖地说："阿陆，你别去惹阿强。"

我赶紧说道："我不是去惹他，我是想打听清楚这个事，阿强是一定知道的。"

阿阮还要阻拦我，我心里非常着急，又说一句："我一定要去找阿强。"说完，我就摆开阿阮的手，径直冲向码头，我知道阿强这时候一定在码头的棚屋里喝酒。

我听见阿阮在后面喊了我一声。我没有回头，这件事除了阿强，也许没有任何人能对我说清楚。于是我飞快地向码头上跑去。

13

阿强见我居然主动来找他，脸上瞬间闪过意外的神色，然后就哈哈大笑起来，说道："阿陆，这真是太阳从西边出来了，我这段时间太忙，还没去找你，你竟然来找我了，不过，我倒是觉得你有种，坐吧。"

我看着阿强，不知为什么，也许是一起长大的缘故，我总觉得阿强除了在外面表现出的那个样子外，心里大概还有些别的东西，尽管我不清楚那些别的究竟是什么，我还是因为那些模糊的感觉，觉得阿强不会对我真的拳脚相见。他要我坐，我就在他面前坐下了。那个脸上有刀疤的阿正和其他几个打手在阿强身边，我都视而不见。我只望着他说道："阿强，有个事我得找你才问得清楚，你说在越南的中国人都将会被遣送回中国，事情是真的吗？你是从哪里知道这消息的？"

阿强见我问他这个问题，眼睛眯了起来，然后说道："还以为找我什么事？就是为了问这个？你不是从我妹妹那里知道了吗？"他把脸凑到我面前，带着挖苦口吻继续说道："我还要告诉你，你和阿阮很快就要分手了，你回中国去，她还留在越南，嘿嘿，你是中国人，她是越南人，我劝你还是死了那条心，别做美梦了。你问我事情是不是真的，当然是真的，至于我是从哪里知道的，我就懒得说了。"说到这里，阿强点上一支烟，抽一口，继续说道："过不了几天，会有人来你们家的。我很早就说过，阿阮以后是我的老婆，你以为她会死心塌地地跟着你吗？她怎么跟你？还有阳狮，我也是没办法把妹妹给他了。你还是赶紧回去，把行李收拾好，从这里去中国，路上远着哪！可别说我没有提醒你。"

是的，不管阿强是什么人，他倒是从不说谎。于是我知道，事情很快就要发生了，我真的要回中国去了。不仅我，还有我爸爸妈妈，还有阳狮一家。阿强是越南人，他当然不会走，阿阮一家是越南人，她们也不会走。阿强的话让我觉得我正往一个冰窟窿里掉下去。现在还不是冬天，我却真的冷得厉害。那天怎么从阿强那里离开的我不记得了，只记得我心里一片空洞，好像哪里都找不到可以让自己依傍的地方。我没想到，我和阿阮经历了家庭的阻力、经历了战争、经历了翻天覆地的时代变化，好不容易能看到生活的安宁了，怎么又会迎面遇见这样的风暴？而且，我能感到，这场风暴再也不是我们能够抵挡的。我很想知道风暴的原委，可我找不到它究竟是从哪里刮来的。在时代面前，每个人都真的渺小，谁也控制不了自己的命运。

其实已经有段时间了，我们所有人都感觉空气里时隐时现地出现一些什么。我忽然想起一件事，我们家订阅的《新越华报》已经停刊了。报纸停刊并不是什么大事，问题是这家报社的停办时间距北越占领南越总统府才仅仅四个月。我很习惯看那份中文报纸的，如今看不到了。当时我还奇怪这份报纸为什么说停就停，也没去多想，现在我忽然觉得，这真是一个不小的信号。在当时，不论越南人还是中国人，都能清晰地感觉到，中国是越南最大的依靠国，别的报纸可以停，中文报是一定会保留的，但偏偏就是这家中文报停办了，哪有不蹊跷之理？我恐惧地想到，是不是从停报那天开始，政府就已经开始了这个行为？我又一次想起，阿阮爸爸就是那时候去西贡的。他当时自然是想利用西贡的关系让自己免遭厄运。说不定，那时他就听到政府要如何对待华人的消息了，所以他一定要亲耳听到我说我是哪国人。

不论多么忐忑，我心里还是强烈地感到，我一生中最不可阻挡的转折要来临了。我还是不愿意相信这是真的。从阿强那里离开后，我像是要抓住一根救命稻草似的，心慌意乱地去找阳狮。尽管阳狮得到的消息比我还少，我却模模糊糊地希望能在他那里听到华人不会被遣的消息。谁知道？万事颟顸的阳狮也许能确切地告诉我，我们都不会离开会安。政府不会对我们做出那样的事。

希望的作用是什么？我现在可以回答的是，希望就是用来破灭的。我赶到阳狮家里，还没进去，就听到里面有人在哭泣。一听就知道，哭泣的是阿秋。我明白了，这几天阿秋没有再跟我们一起上船出海，我们本以为阿秋是在关门生阿强的气，其实我们才是像鸵鸟一样的自欺欺人。阿秋是真的知道华人都得离开越南的讯息。这已是改变不了的事实。我听见阿秋在阳狮家里哭道："你不要走，阿狮你不要走，你走了，我怎么办？"然后我听见阳狮回答："阿秋别哭，你别哭。我……我也不想走，我真的不想走，我……"但他的话没有底气，每个字都显得空洞无比。

我的心沉了下去，是的，连阳狮都肯定中国人将离开越南，这消息已经不用再找任何人去证实了。我没有进去，头脑一片混乱。

14

人生真的让我无数次有过这样的体会，很多时候，当你视而不见，事情就像没有发生，你一旦睁开眼睛了，所有的发生就立刻清清楚楚了。第二天，我便发现秋盆河上早已不像往日那样平静。尽管警船出现已有一段时间，但我还是没发觉其中的意义。现在我看得明白，河上增加的船只何止十来条？那些船上坐着的多半是中国人，他们都不是坐船玩赏风景的游客，而是秋盆河两岸的居民。更令人觉得可怕的是，那些居民几乎是全家上船，一副将永远离开的架势。我非常吃惊，明白事情是真的发生了，尽管我无法知道事情发生的缘由。对我来说，知不知道缘由并不重要，重要的是我无法回避事件本身，就因为我血管里流淌的是中国人的血。秋盆河上的那些船差不多都是去往二十多公里外的岘港，再从岘港登大船驶往中国。

面对眼前的景象，我着实震惊。也就是从那天开始，我和爸爸再也没有出海了。我们无法再继续往日的生活。所有中国人将回中国的事，既是猝然发生的，也是事先有着种种迹象的，只是我们对那些迹象视而不见罢了。现在我们不可能从现实中掉开头去，我还发现，现在阿强真像他对我说过的那样，他实在太忙，他忙的原因是他的那七条小船不停地从秋盆河到岘港，再从岘港返回秋盆河。他那条大船就在岘港，跨海将人送回中国。当然，阿强不是免费载人。这世上没什么是免费的。送华人回中国，是政府的决定，决定后的具体实施也理所当然是政府之事，但事情不会那么简单。政府不可能提供那么多船，所以，阿强的船只就有了更疯狂和更迅速的赚钱方式。我永远不知道阿强是不是眼光厉害，事先在秋盆河上弄起一支船队。我看见的只是事实，阿强在一趟趟的运送中，公开而迅速地赚大钱。这是政府支持的，即使政府不支持，事情发展到这个地步，政府也只可能睁只眼闭只眼，哪里还管得了那么多？

　　事情也的确像阿强对我预告过的那样。镇上果然派人到了我们家。那天我没在家，一直待在阿阮家里，我是回去后才知道的。当然，我们家不是被政府选中而派人过来，所有的华人家庭都有人前来，他们的目的只有一个，就是将政府的决定告知每一户华人家庭，你们不能再在越南居住了，你们得回到自己的国家去。面对那些说辞，出现反对是免不了的，但政府的决定任何人都无力反抗到底。接受是唯一的选择。不过对很多华人家庭而言，心存侥幸，想能拖多久就拖多久，万一拖到政府改变主意了呢？他们不是不知道中国是他们的血缘之国，但毕竟几代人都在越南，会安的华人都是喝秋盆河的水长大的，秋盆河两岸是他们生活的地方。他们的家庭在这里，父辈在这里，有的甚至祖辈也在这里，无论如何都不想离开。

我们家就是这样，已是第三代人在越南生活了。不管我父母的真实想法如何，我是真的不想离开。如果我离开了，阿阮怎么办？她尽管变得比以往坚强，我还是能体会，使她坚强的最大原因是我在她身边。如果我走了，她的生活将又一次陷入崩塌。尤其是，阿阮妈妈会怎样？她丈夫已经被执行死刑了，她的全部支撑是因为有女儿，同时我也算上一个。我倘若离开，阿阮的支撑垮掉了，对阿阮妈妈来说，这种打击也只怕会让她一蹶不振，再也鼓不起继续生活的勇气。至于阿凤，在说出事情的那天就已方寸大乱。她从未想过离开阮家，又不知该如何面对。我真是又苦恼又慌乱，所以，我承认我就是那种想拖下去的人，但生活如此现实、如此无情，我真的能拖到柳暗花明的出现吗？

第三章　生离死别

1

　　越来越多的华人开始登船离开。秋盆河上像是从来没有那样繁忙过。每天出去又返回的船只不计其数。那些离开的华人几乎不可能携带什么家私，因为登船去中国的费用不是政府支付的，得由每个人自己缴纳。这笔费用高得不可思议，每人一两黄金。不论男女老幼，这笔费用都得分摊到每个人头上。我只在很久以前，在阿阮家里见到过黄金。那些镶嵌在阶梯上的金条，那些仿佛能照出人影的家具上的黄金把手，我一直记得十分清楚。我当然从未想过把它们据为己有，它们也早已被没收，成为国家财产。为了筹集离开的费用，华人们不得不变卖家里的一切，等凑够能登船的费用时，也就不可能再留下什么了。以前我还真是不知道，秋盆河两岸究竟有多少人是中国人，多少人是越南人。现在倒是一眼能看出，离开的自然是中国人，留下的当然是越南人了。但慌乱的也不仅仅是华人家庭，不少越南家庭也处在慌乱状态中。毕竟，那时的中国人和越南人通婚的不少，很多家庭会因此出现巨大的变动。即使像阿阮那样的家庭，也处在慌乱当中。不管我多么想安慰阿阮，也没办法做到。我也永远不可能忘记那时父母脸上的焦虑。他们无法决定是走是留，可想留下是不可能的事，离开是唯一的选择。镇上的官方人员开始还上门劝说，后来索性取消劝说，对所有中国人直截了当地下达了离开的命令。那段时间的混乱程度谁也无法描述。我此刻回想那些日子，也感到很难将事情一件一件说清楚。

正如每枚硬币都有两面一样，秋盆河上的人也有两类。我们是慌乱的一类，阿强则是精神振奋的另外一类。他不是很多年前就对我说过吗？他有朝一日要挣到阿阮爸爸那么多的钱，现在他挣钱的机会来了。不仅他的船在挣钱，他还另外安排一些手下开设了收购各类家具家私的庞大市场，他知道用什么样的价格收购华人家庭的家具和其他能卖出的东西。这是典型的黑市，阿强和政府官员非常熟悉，也不会和政府对着干。他明码标出的价格和政府一样，私下里却会将自己扮成救世主似的，充满同情意味地将价格和出售人面对面地进行修改。那些被阿强掠夺的人还很感激阿强，就因为能从阿强手上拿到比政府收购价要多出的一点点钱。生活永远不缺这样的讽刺。我没办法知道，那些没钱的中国人要如何筹到这笔费用。现在离境的多半是有钱人家。当然，他们无一例外，因为这次离开而失去了所有财产。一道最简单的算术题也在我们面前摆开，我们家若要离境，须缴纳三两黄金，这是我们家无法拿出的数目，也是很多家庭无法拿出的数目。一层又一层的惊慌乃至恐惧在秋盆河两岸弥漫。

那段时间，我还产生一个念头，不管回中国是不是我们的主动行为，如果真回到那片土地上，我们也许就不会在这样的恐慌中度日如年了。陌生又陌生的中国，在我血液里不觉有了一种想去亲近的感觉。那些日子，我的心真像是裂成了两半似的，一半填满的是不断在想象中出现的中国土壤，一半是阿阮。我放不下阿阮。我一直就觉得，如果我生命里没有阿阮，那我活着都会没什么意义。但是现在，我将和阿阮永别的感受时时萦绕心头。这种感受让我痛苦到了极点。

我知道父母已经在开始筹钱。这几年，我们出海捕鱼，再将鱼出售给饭店酒楼，的确比以前的日子好上许多，但要一下子拿出三两黄金，还是太有难度。政府明明知道很多家庭拿不出这笔钱，仍是不断催促华人离开，好像那些黄金就在每个家庭的枕头底下，随时可以拿出来似的。这时候借钱是借不到的，没有哪个人会将钱借给一个一去不返的人。我们家的苦恼和阳狮家的苦恼一模一样。阳狮家也不是有钱人家，他们家也得去往中国。形势很快变得日甚一日地紧张，我和阳狮见面的时候，觉得他都已经垮下来了似的，整张脸给我一种大病未愈的虚弱感。我知道，我给他的也许是同样的感觉。

那些天我和阳狮见面极少，我每天都去阿阮家里，实际上去了也无力解决问题。我内心渴望的是能多看见阿阮一天就算一天，她是不是也这样想？我们都不去碰这个话题，好像我们都在回避那个终究回避不了的结局。我总是幻想，政府会不会哪天改变主意？那我们的生活就会重回熟悉的轨道了。

遇见阳狮的那天，我正在去阿阮家的路上。他看见我就说是来找我的。我也想和阳狮说说话，于是我们就去码头的棚屋里喝酒。码头上每天都人声鼎沸，我们找了半天才找到一张桌子。我实在苦闷，算是逮到借酒浇愁的机会了。没想到，阳狮竟然告诉我一件让我震惊的事，他说阿秋已经决定了，要和他一起去中国。我惊诧万分。阿秋居然想和阳狮一起走？但她怎么走？阳狮家现在也筹不齐三两黄金，如果再加上阿秋，又得增加一两。四两黄金不是小数目。我们去中国，不是去旅行的，是这里的政府强令我们走的。

阳狮告诉我，阿秋此刻正在去找阿强，说她要和阳狮一起去中国的事，希望哥哥看在自己妹妹的分上，能免去阳狮家的费用。后来我才知道，阿强的船毕竟不是政府的船，他收取的黄金全部进入自己腰包。他每天都将很多华人送往中国，只是他的船不能明目张胆地入境，说明白点，阿强的船是带走私性质的黑船，不能让中国政府发现。在阿强船上的人，虽然是被越南政府驱赶，但他们乘坐回国的船却是不合法的。所以，阿强每次送人，都是小心翼翼地偷渡。对阿强来说，承担如此大的风险，他怎么可能免费送阳狮一家回去？况且，阿强是否同意妹妹跟阳狮去中国呢？

我把这些问题提出来后，阳狮说他心中也没底，因为阿秋是刚刚下定决心的。他们一分开，阳狮就迫不及待地来找我，阿秋则去找她的哥哥。我很震惊阿秋的决定——她决不和阳狮分开。我那时也模模糊糊地升起一个念头，阿阮会不会愿意和我去中国？这个念头我并不是在那一刻才有的，而是很早就有了，只是每次泛起时，我都把它抑制了下去。我知道不可能。她们家早已支离破碎，阿阮如何能离开她妈妈？她妈妈又如何能离开阿阮？我知道我面对的，看起来是选择题，其实根本不是选择题，我最后只能离去，永远地和阿阮分开。

2

阳狮的事第二天就有了结果。那天我正在阿阮家里，没想到阿秋来了。那段异常混乱的日子时时都有猝不及防的事情发生。自从不再出海之后，我已有些日子没看见阿秋了。我们也没有去想她，毕竟，每个人被自己的事给压垮了。当阿秋忽然在阿阮家出现之时，我、阿阮、阿阮妈妈和阿凤都十分意外，同时，我们又没多惊奇。毕竟，我们面对的境况不会让我们还去惊奇什么事了。阿秋进来时，脸上的表情就极为复杂，像是欣喜，又有和欣喜截然相反的悲伤。我和阿阮赶紧起身，问她怎么会忽然到这里来的。

阿凤拉过一把椅子让阿秋坐下。阿秋说出的事让我们惊讶不已，阿强居然同意她和阳狮一起去中国。我有点不相信自己的耳朵。阿强现在可以说是秋盆河上呼风唤雨的人，有他在，阿秋的日子一定会十分好过。如果她和阳狮去中国的话，将过举目无亲的日子。阳狮当然会和她结婚，但阿秋和阿强终究是很难再见到了。阿强怎么会同意阿秋去中国呢？阿秋那一刻的表现又悲又喜。悲的是她将离开故土，去一个完全陌生的国家，在那里等着她的将是现在无法想象的；喜的是她可以和阳狮在一起不再分开了。我昨天听阳狮说阿秋去找她哥哥，要跟他说想和阳狮一起去中国的事，我觉得阿强不可能同意，但他居然同意了。我虽然和阿强从小一起长大，但对他的很多行事，真是无法看透。我从来就不知道他内心究竟在想什么。让阿秋去中国，需要他斟酌所有的利害，难道阿强真的觉得让阿秋去中国是一个明智的决定吗？或者说，难道在阿强眼里，让妹妹去中国会比让妹妹留在越南好？

我记得阿强对我说过，因为阳狮要回中国，他也没办法让妹妹跟阳狮在一起了。他说出那些话时，心里肯定没有让阿秋去中国的打算，现在他做出的决定难道是一时冲动？我觉得，阿强不会在这件事上冲动。他很爱护这个妹妹，唯一所想的就是如何保护好她，难道他的保护能力不比阳狮强上几百倍？阳狮为人老实，除了会捕鱼，说不上还有其他能力，甚至，他连中国话都不会说，这将成为他到中国后面临的第一个难题。我真的有些惊诧莫名了，实在不理解阿强为什么会同意。在阿强眼里，自然不会把妹妹和阳狮之间的情感因素考虑进去。阿强对男女之情不见得有多重视，否则他虽然口口声声说要阿阮做老婆，却还是一直没来干扰我和阿阮的交往，足见在他心里，比情感重要的事很多。在我的感觉里，阿强出狱之后，所做的每件事无不经过深思熟虑，所以才在秋盆河取得独霸一方的地位。我无法知道他同意妹妹去中国这件事的真实心理。

这些事阿秋倒是没有去想。她想得很单纯，虽然去中国有些悲伤，但能和阳狮在一起终究是幸福之事。她来见阿阮和阿阮妈妈，也没有更多的意思，只是想将这件事说给和自己亲密的人知道。阿阮听阿秋居然要和阳狮一起去中国，忽然就流下了眼泪。我能够体会，阿阮的眼泪是因百感交集而流。她忽然过来抱住阿秋，哭得更加厉害了。阿秋也忍不住跟着哭起来。阿凤在旁边看着，也拿出手帕，不断去擦拭眼眶。我也想哭，但我真的不想在她们面前哭。我是这里唯一的男人，她们可以脆弱，我一定得忍住和挺住。我看了看阿阮妈妈，她的身体越来越弱，连坐久了都难受，只能躺着。听阿阮说，她妈妈整夜整夜咳嗽，又不肯去医院，说没必要浪费钱。

很久了，阿阮妈妈从不出门，外面不管发生什么，她只在家里慢慢地翻读《圣经》。这是因为我妈妈的缘故。在我们每天出海的那段日子，我妈妈经常过来陪阿阮妈妈说话。谁也不知从哪天开始，阿阮妈妈也和我妈妈一样，喜欢上了《圣经》。我从来不知道《圣经》可以让人得到什么。我对生活只相信一点，那就是认真做好自己该做的事，《圣经》能够让人得到内心的平静吗？我真不知道，妈妈的性格一直很平和，除了最近为筹款的事发愁。以前很少看见我妈妈会心慌意乱。我现在想，那也许是她经常读经书的缘故。她和阿阮妈妈接近之后，在这方面真还影响了阿阮妈妈。对阿阮妈妈来说，那个家陡然间垮得和废墟无异，不能不让人感到巨大的痛苦。人总需要想办法摆脱痛苦，这时她接受了我妈妈无意的劝说，也开始每日阅读《圣经》，如果逢上身体稍稍好转，偶尔也会在哪个周日与我妈妈结伴去教堂，和其他教徒团契。我没太注意这些，我能感觉的是，阿阮妈妈终于从打击中慢慢恢复。

此刻我看着阿阮妈妈，她一直坐着，膝盖上还摊着厚厚的《圣经》。她看着女儿和阿秋抱头痛哭，浑身轻微颤抖。阿凤站在她身边。她左手将阿凤的手拉住，右手摸着膝上的经书，似乎在想着什么。

阿阮和阿秋终于松开彼此。阿秋继续说，阿强还答应了，阳狮一家的费用全部免掉。至于阳狮家里的那些家具，既然用不上了，就由他派人在阳狮一家离开后拿去。这是最便宜的方式了，到目前为止，还从来没有哪个离开的人不是交足了黄金才上船的。政府决不允许有人不缴纳费用就离开。阳狮他们上的将是阿强的私人船只，政府不会管阿强的船，哪怕船旁边有人监视你，阿强也有的是办法让政府视而不见。我这时想起自己，想起父母，我不知道我该如何去筹集那些黄金。

没想到，阿秋接着告诉我，她昨天同时跟哥哥说了，希望他把我们家也一并带上。我没回答，我知道阿强不可能同意让我们家也免费的，这对他来说太不划算了。他的船上每多带一个人，就是多赚一两黄金。他的船每天满满当当，怎么可能让他白带我们一家？他虽然没来干涉我和阿阮的交往，但毕竟是非常着恼的，他当然巴不得我在这件事上陷入绝境，好幸灾乐祸地旁观。阿秋见我不说话，又赶紧补充说："我哥哥也许会同意也说不定，因为他昨天说了，让你今晚一个人去找他，他有话要对你说。"

我愣住了，阿强究竟是什么意思？

我微微点头。然后，阿阮妈妈突然咳嗽起来。等稍稍安定下来后，阿阮妈妈说了句令我连灵魂都在震动的话。她说："阿阮，你是不是也想和阿陆一起去中国？"

3

　　那天我回家之后，看着家里渐渐变大的空间，心里非常难受。我们家也和其他华人家庭一样，在陆陆续续地卖出家具。每卖出一件，家里的空间就变大一点。有很多家具还是非常古老的，有些是爷爷留下的。每件家具都有我的记忆。我以前对这些家具习以为常，总觉得它们会天长日久地陪着我。它们从爷爷年轻时就在家里，然后是我父母，然后是我。如果没有现在发生的事，如果我结婚了，独立出去了，我也知道这些家具会在爸爸妈妈这里，当然，会有一些跟随我到我的新家。不过，这都是我从来没想过的问题。在这之前，这些都不称其为问题。现在不同了，我们得筹集去中国的费用。每户华人家庭都在筹钱，都在出售家具。我永远记得那些家具的样子，我后来在中国也很少看见那些样式的家具，它们的确很古老，以现在的眼光来看，它们不少称得上是文物。文物究竟值不值钱，我没有心思去考虑。我到现在还怀念那些家具，高高的衣柜，笔直的扶手木椅，上面镂有飞龙栖凤的图案，每一个都活灵活现。它们因为古老，都像携带了无法测量的体温。这幢房子也很快不属于我们了，我们将和这里的一切永别，和这里的生活一刀两断，连藕断丝连的东西都不会有。砍断一个人半生的生活是残忍的，一切都要从头再来。多少人其实不可能从头再来，甚至我，我这么年轻，也觉得自己没有从头再来的勇气，可现在我们面对的不是有没有勇气的问题，而是必须接受事实。

家里变得沉默了，谁也不去说今天卖掉了哪件家具。房间渐渐变空，我们都知道今天又失去了某样东西。妈妈每天除了做她习惯的事情之外，就是不停地读《圣经》，好像那部经书可以给她我们体会不到的安慰。爸爸每天都出去，和每一个变卖家具的市场打交道，也包括阿强开办的收购市场。那些市场都知道中国人的境况，自然无一例外地打压价格，甚至官方的价格也变来变去。总之我们什么也不能带走，就只能全部拿出去，能换成钱更好，一些不能换钱的就干脆送给越南邻居。在那段时间，秋盆河两岸都成为巨大的交易市场，我们将变卖得来的钱再拿去兑现成黄金。这些黄金又将转眼进入收款人的口袋，他们又将它们送到银行。

我那天回家后说的两件事都让父母吃惊。第一件事是阿强约了我晚上去见面，第二件事是阿阮妈妈同意阿阮和我们一起去中国。这两件事都不小。阿强叫我去，会谈些什么无法猜测，阿阮妈妈愿意女儿和我一起去中国实在令人感到震惊。对阿阮妈妈来说，现在除了女儿和阿凤，再也没有人可以陪伴，即使我妈妈这段时间也在陪伴她，那也不是能取代女儿和阿凤的。阿阮妈妈的意思很明确，她当时就说得清楚，如果阿阮自己愿意，就和我一起去中国，她知道女儿终究是要出嫁的，阿阮和我的感情一直稳定。阿阮妈妈是喜欢我的，在她心里，甚至在阿凤心里，都知道我和阿阮迟早会结婚。如果我离开了，阿阮自然也会嫁人，但她们都知道，阿阮很难爱上另外一个男人，她们希望的是阿阮幸福。对一个女人来说，嫁给自己爱的男人，才会有幸福。最令我意外的是，阿阮妈妈说她在读《圣经》以后，越来越觉得上帝才是她的皈依。人心是需要有寄托的。阿阮妈妈现在找到了，不是说她不爱这个女儿，而是她觉得一切都是上帝的意思，她家庭的变故，她女儿的情感，现在我们遇到的这些事情，无一不是上帝的考验。所有的考验终极，最终不都是为了让经历者获取上帝的启示而得到幸福吗？所以，她觉得既然女儿爱我，我也舍不得丢下阿阮，那就必须做出她作为一个母亲的选择。她现在作出了选择。

阿凤当然也舍不得阿阮。她从到阮家开始，就带着阿阮，几乎把阿阮当作自己的亲生女儿了，在这样的选择题面前，她只能跟随阿阮妈妈的选择。阿凤当时哭得很厉害。至于阿阮，她真的为难，一边是孤独的母亲，一边是我。来说服她的居然是她妈妈。长大的女儿终究要离开母亲。更何况，阿阮舍不得我，也害怕以后没有我的日子。阿阮只是哭，没有立刻回答，哭着跑到里屋去了。

我父母听我说完这两件事，他们同时站了起来。妈妈说："阿陆，你不能让阿阮跟我们一起走，你想想，如果她走了，她妈妈怎么办？她妈妈只有这一个亲人了，你爱阿阮，可她妈妈也爱她。阿阮爱你，阿阮也爱她妈妈。阿陆，做人不能自私的。无论如何，你不能带阿阮走！"爸爸也接着说："阿陆，你妈妈说得对，我们不能带走阿阮，没有阿阮，你会痛苦，可你想没想过，阿阮走了，她妈妈会怎样痛苦吗？甚至阿凤的痛苦你想过吗？阮家现在变成这个样子，我们不能给阮家雪上加霜！你去告诉阮阮妈妈，我们不会带走阮阮！"

我很久没有回答，只觉得眼泪涌上眼眶，我拼命忍住，不让它流下来。

4

当天晚上，我去码头找阿强。阿强和阿正在棚屋喝酒，见我过来了，阿强很古怪地看我一眼，然后说这里人多，不如去桥上。于是我们来到来远桥上。阿正在桥口守着，不停地抽烟。桥上除了偶然走过几个人外，算是两岸间最安静的地方了。阿强也抽着烟，注视秋盆河的远处。河两岸仍悬挂一盏盏灯笼。我的确感伤，这样熟悉的景致，我知道我以后再也看不到了。其实我每天都感伤，无论面对什么，或许都永远不会与之再见。我更知道，不管阿阮妈妈说过什么，我父母说得更对，我的确不能带走阿阮。既然不能带走，也就意味着我一旦离开，便永远不会再看见她了。想起这点，我心里的苦痛便如潮水般一层层涌上。

阿强不开口，只是抽烟，我也不说话。我既在想自己的心事，也在感慨这二十多年的生活经历。这个站在我身边的人和我童年便在一起，如今我们早已分道扬镳，各自在走各自的人生之路。我不羡慕他走的路，尽管我自己的路也走得异常曲折，如今面临这场变故，更不知未来如何。阿强知道自己的未来吗？也许他知道，也许不知道，不论哪样，都不是我要去关心的。我倒是意识到，我离开之后，说不定阿强还真会在某一日娶到阿阮。他说过的话好像还没有落空过。尽管这件事不是由于我的放弃，而是整个时代在放弃我们。我们根本抵挡不了。我一想到阿强有一天也许能娶阿阮，心里就像裂开一样痛苦。我无法接受这一或许将会成真的事情。我知道我不能流露，至少，我在阿强面前从来没有退缩过。我能告诉自己的是，即使他有一天娶了阿阮，也不是因为我在他面前失败了，而是比阿强更强大的命运强行把我推开。我们没有谁能躲开命运。我也从来没有躲避过，阿强更没有。我不明白他找我干什么，阿秋说阿强有可能送我们回中国，我倒是没存那样的指望。

阿强望着河水抽完了一支烟，又掏出一支，烟嘴对烟嘴地点燃第二支，侧过头，问我抽不抽烟。我说我从不抽烟的。然后，我就直接问他找我有什么事。

阿强又猛吸一口烟，转头将我上上下下地看了好几遍，才开口问我们家现在筹集了多少两黄金。我有点意外，这是我没想到的问话。我迟疑一下说道："我们家目前还只筹到二两。"

阿强像是冷笑，说道："那还差一两，有办法吗？"

我觉得阿强这个时候简直是在侮辱我，立刻冷冷回答："我家该如何筹钱是我们家的事，你找我来就是为了问我这个？"

阿强冷冷地扫我一眼，说道："找你来，确实就是想知道这个。"

我不耐烦了，说道："如果你没有别的事，我就走了。"

阿强又冷笑道："你就是现在回去，黄金就在家里等你了吗？

阿陆，我们好歹也是一起长大的人，你就不想来求我带你们走吗？阳狮一家我是答应了，让他们免费上船。"

我感觉心头一股火气冒上来，说道："你让谁免费是你的事，我不想在这里听你的冷嘲热讽。"

阿强的冷笑声转为哈哈一笑，他说道："阿陆，在秋盆河上，我就佩服你是有种的人！昨天我妹妹求我带上你们。可是……嘿嘿，别以为我不知道，你其实一直就瞧不起我，以为我在黑道上混，就不是什么好人了。可我问你，什么是好人？什么是坏人？只要是人，他就得活下去。你觉得我干尽了坏事，就是坏人了，你就一辈子没干过一件坏事吗？别跟我说你干的都是好事，我告诉你，这世上就没有一个只干好事不干坏事的人，也没有一个只干坏事不干好事的人，我问问你，我免费送阳狮一家，是不是在干好事？"

我心里涌上一股鄙夷，说道："真新鲜，你找我来谈道德来着？"

阿强抽口烟后，凝视了红色的烟头一眼，伸指一弹，那支才抽几口的烟呈弧线被他弹到秋盆河里。然后，阿强侧转身面对我，沉下脸说道："道德？我从不想和任何人谈道德，道德值他妈的几个钱？我只是想告诉你，在秋盆河两岸，没几个是我愿意去和他说话的，你阿陆是唯一的一个，说不定过几天，我们就一辈子见不到了，我想着以后可能不会有人可以来和我说话，就忽然想再和你多说几句，而且是心里话，这理由是不是充足？"

我越来越不耐烦了，说道："你别往我脸上贴金，我家里一堆事，我想不出我们有什么可说的，你没事的话，我就走了。"说完，我转身要走。阿强伸手在我肩膀上一按，说道："这么着急干什么？

以后我们谁也见不着谁，我想我们之间的恩怨不如今晚来个了结。"

我真是很生气了，转过头，将他的手从我肩膀上抹下，说道："我们之间没有恩，也没有怨，你忘记了？就是在这座桥上，你不是说过和我绝交吗？既然绝交了，还有什么恩怨？我们各走各的路，彼此不干扰，以后见不到你，我求之不得。"

阿强听我说完，牙齿咬了咬，眼内一道凶光一闪即逝。他冷冷说道："恩怨不是你说没有就没有，我一件件都记得，今晚叫你来，就是想在你走之前说个清楚，不错，我阿强是混黑道的，可黑道也有黑道的规矩，我怎么会不说个清楚就让你一走了之？"

阿强的话真让我有些意外了，于是我说："我们之间有什么恩怨需要了结？"

阿强见我不走了，又掏出一支烟点上，将烟雾吐向茫茫夜空，然后说道："阿陆，我曾在这里跟你说绝交，是因为什么事你应该也记得吧？"

我不想回答，没有作声。阿强也好像没等待我去回答，径自说下去："是因为阿阮，我知道你记得，我也记得，我索性坦白告诉你，从小我就喜欢阿阮，我也不记得是从什么时候开始的，我只知道我那时总是在想，长大以后，我一定要娶阿阮做老婆，可我知道，我根本就没资格，我爸爸不过是阮家一个普通的船工，阿阮爸爸怎么可能将女儿嫁给他手下一个船工的儿子？更何况，他那个儿子从小只知道打架，不好好念书，在他们眼里，我以后肯定是最没出息的。说实话，那时我在你面前很自卑，觉得处处不如你，我嫉妒你和阿阮来往，所以做了回卑鄙小人，跑到阮家告了你一状。"

我皱起眉，说道："这些事也算恩怨？"

阿强嘴角一撇，自顾自地说下去："我想说的就是以前那些事，有件事你没在意，可你也是知道的，我和妹妹都是我爸爸一个人养大的，我妈死的那年我才三岁，我好像从没跟你说过一点，我非常爱我的爸爸，我从小就知道他过得苦，一个在船上卖苦力的人，要独自养活两个孩子，日子能好过吗？可他一直将好吃好喝的给我和妹妹，宁愿自己挨饿，也不肯让我和妹妹受什么委屈，我就是犯了什么错，别说打，连骂也舍不得骂我一句。所以我总是想，我爸爸那么老实，可不管在镇上还是在船上，却总平白无故就受人白眼，那时我就决定了，等我长大了，决不能让他再受任何人的气，可刚到我爸爸可以不受气的时候，我坐牢了，砍了人，你还记得我砍伤的是谁吧？哼！一个小法国佬，我砍伤他，是因为那天我爸爸回来，扛着米刚下码头时，绊了一跤，那小混蛋正好在旁边，居然立刻骑到我爸爸脖子上，把我爸爸当马骑！他妈的！一个小法国佬仗着自己爸爸只是个他妈的校长，也敢如此对我爸爸，我当时没砍死他就算便宜了他！我砍伤了人，坐牢去了，又有一帮人来侮辱我爸爸了对吧？我想都想得出来！我出来后才知道，我爸爸已经死了，我这个儿子没有尽孝，别说尽孝，就连送终的机会都没有！你知道我那时有多想砍人吗？"

说到这里，阿强冷冷的眼光在我身上扫了几下。不知怎的，我忽然觉得浑身汗毛都竖了起来。阿强的话真的也让我感到震惊，我从来不知道，他内心居然掩藏如此多的东西。我竭力回想他爸爸的样子，很模糊。我只记得我爸爸说起阿强爸爸时，总是用"老实人阿屈"五个字来谈他。因为辈分，我很少和阿强的爸爸打交道。现在听阿强说起他爸爸，心里忽然有点同情阿强了。

阿强接下来说道："阿陆，我当时出来后，也跟你说过，我要娶阿阮的，你想过为什么我对自己喜欢的女人不去抢过来吗？就因为一件事。"说到这里，他又停了片刻，吸口烟后继续说："我打听到了，我爸爸死在船上后，是你爸爸将他进行海葬的。我不会忘记这点。我没有机会给我爸爸送终，是你爸爸替代我送了他最后一程。一个海上船工，的确就该海葬。从那天开始，我就知道一件事，这世上我谁也不欠，唯独欠着你陆家，于是我就想，既然你喜欢阿阮，我就把阿阮让给你。你不信？嘿！你信不信是你的事，我就是这么想的。"

我越听，越觉得我头脑的混乱无法在片刻间理清，阿强的声音仍在继续："我让我妹妹随阳狮一家去中国，因为阳狮会对我妹妹好。我想明白了，像我这样的人，就算明天被人砍死也不稀奇。你看到了吧？我和你在这里说几句话，我也得让阿正给我守在那里。我要是活着还好，要是死了，我妹妹没有任何人保护，你敢想象她以后的日子吗？所以让我妹妹去中国是最好的一条路，她可以和阳狮结婚，还有你们在，我也会放心的。"

阿强忽然眼神直直地看着我，慢慢把话说完："我妹妹和阳狮一家后天上船，你也去准备好，和他们一起上船，看这形势，只会越来越紧张，你们走得越早越好。只是阿陆，给你们免费我就做不到了，你说你们家现在只筹到二两黄金，好！我就只收你们家二两，我手下那么多弟兄，都是提着脑袋跟我混饭吃的，我也得跟他们讲规矩。"

5

那晚回家后，我还是无法从头脑的混乱中安静下来。我父母对我去见阿强的事都有些担心。阿强的行事无人不知。见我回来，他们的心才放下来。我极力让自己平复后，便将和阿强见面的全部情形说了一遍。对我爸爸来说，简直觉得不可思议，当时他海葬阿强爸爸，不过是做了一件自然而然之事，想不到阿强竟然有如此想法。我们总觉得阿强有太多面，很难让人了解。他们听到阿强说后天就要上船，又不由得感伤起来。尽管我们都知道，离开这里是迟早的事，但还是心存政府会改变主意的侥幸想法，现在照阿强的说法来看，随后的形势恐怕没办法乐观。最后爸爸说："迟早要走，就后天走吧，这里毕竟是异国他乡，我能在有生之年回到中国，也算是完成了我父亲的遗愿。"

爸爸这句话其实是对妈妈说的，他和我都知道，最舍不得离开这里的是妈妈。她一辈子在这里，哪里舍得说走就走？我们自然也不想走，只是我和爸爸毕竟是男人，行事终究要比妈妈果决一点。

那天晚上，我们在房间坐了很久，房内只剩一张桌子了，爸爸已经约好明天下午来人交易。现在阿强虽说只收我们二两黄金，能卖出的还是最好卖出。我们带不走任何东西。妈妈想带走她那本《圣经》，但照爸爸的意思，这本书也不用带了，中国也会有教堂，也自然会有《圣经》。妈妈坚持要带。在她眼里，信徒怎么可以抛弃《圣经》？我心里知道，父母谈论这些，既是在谈论一些必然要谈到的事情，也还有通过谈论这些让我暂时忘记阿阮的想法。我们没有一个人提到阿阮，可我哪一分哪一秒能不去想阿阮？父母尽量让话题不触及阿阮，我也不去谈论。阿阮、阿阮，这两个字在我心里，如同压舱石那样沉重。我们家之前一直没有确定离开的日期，一是黄金一直没凑够，二是希望能拖就拖。现在终于确定离开的日期了，我觉得我的生命仿佛进入了倒计时阶段，能见到阿阮的时间在一秒秒地流逝。

第二天我醒来时，发现自己居然是趴在桌子上睡过去的。爸爸妈妈不在。我赶紧起来叫他们，没有回答。我觉得诧异，出门才忽然想起今天是周日，妈妈一早就去教堂了。她昨晚就应该说了，可能那时我正迷迷糊糊，半睡半醒。我想起昨晚的谈话，记起下午还有人来交易那张桌子，料想爸爸是陪妈妈去了教堂。我一下子就想到阿阮了，我在会安能待的时间已经是按时辰来算了，我哪里还控制得住，立刻就往阿阮家赶去。昨天阿阮妈妈说让阿阮跟我一起去中国，现在我知道的是，我不能让阿阮跟我一起去，不管多么痛苦，就像妈妈说的那样，人不能那样自私。我得去跟阿阮妈妈说，不能让阿阮和我们一起去，我也要告诉阿阮，一定得在这里陪她的妈妈。我们之间的缘分真的到头了，由不得我们自己。

到阿阮家后，没想到阿阮家居然大门紧锁。我心里一慌，不知究竟出了什么事。我在外面叫了好几声，也没人前来开门。我感觉自己头脑混乱得非常厉害，是的，那些天，我的头脑始终就在混乱状态，我已经失去对事情的分析能力。我只看到，阿阮家没有人了，她们去了哪里？难道她们忽然就离开会安了？如果离开了，她们能去哪里？

我慌到了极点，心里乱到了极点，我不由得在那扇紧闭的门外拼命大喊："阿阮！阿阮！"

屋内始终没有回应。我乱糟糟地想到很多突发事情，是不是昨天阿阮悲伤过度，生起病来了？是不是阿阮妈妈又改变了主意，不肯让阿阮离开自己，就索性带着阿阮和阿凤一早离开了会安？是不是……是不是……是不是……我头脑中狂乱地掠过无数不好的念头。这是从未发生过的事，我目前的心理状态也不可能让我想到能宽慰自己的理由。

没想到，就在我慌乱到极点的时候，阿阮回来了。她可能很远就听见了我的喊声，一路小跑过来，她刚拐过街角我就看见她了。我立刻冲上去，想也没想，就一把抱住她，一迭声地喊道："阿阮、阿阮，你去哪里了？去哪里了？怎么你没在家？"

阿阮见我情绪如此激动，脸上的神色又想哭又想笑。她还是先挣脱我，这么当街拥抱让她有点羞涩。她挣脱开我后，拉着我到门前，打开门，我们进去了。我情绪实在激动，又一把抱住她。

那一刻，我真的觉得我明明失去她了，然后又失而复得了。这种心情简直像在地狱和天堂间走了个来回。阿阮也情绪十分激动。她紧紧抱着我，在我耳边说："我在这里，我在这里，我不会走的，刚才陪我妈妈去教堂，你忘了今天是星期天，你妈妈不也会去吗？"

她说完这句话，我真的感觉自己内心错乱得无以复加了。早上醒来时没看见妈妈，我也心慌了一下，还是想起她是去教堂了。在阿阮门口时却忘记了阿阮妈妈也会去教堂。我又赶紧问阿阮她怎么会回来的？阿阮说不知为什么，总觉得我会去找她，所以就在刚到教堂门外时折身回来了。

我觉得胸口堆满了无法言说的情感，紧紧地抱住阿阮，好像再一松开，她就会永远不见了似的。阿阮也抱紧我，在我耳边说道："我想好了，我和你去中国。"我吓一跳，很悲伤地说："我就是来告诉你们的，你不能和我去中国，你一定得在这里陪你妈妈。"阿阮微笑着，说道："昨晚我妈妈说了，她们也一起去，反正在越南，我们也没有别的生活了。"

阿阮这句话让我突然一阵狂喜，是啊，这不是最好的解决办法吗？如果阿阮和她妈妈，甚至包括阿凤，都和我们一起去中国，不就解决了天涯相望的难题了吗？不过，我瞬间又想起更现实的问题，阿阮她们一家要去的话，去哪里筹那么多费用呢？如果阿凤也去，那是不折不扣的三两黄金。这是最要命的。阿阮像是看出了我的心思，继续微笑告诉我，昨晚她们三人一起商量了好久。阿凤终于决定不随她们去中国，按她的话说，她没有亲人，但丈夫的墓碑还在，她想去西贡，哪怕再孤独，也想用剩余的时间来陪伴死去的丈夫。这样一来，就只阿阮和阿阮妈妈两个人动身，意味着只需要交二两黄金。可这毕竟也不是小数。阿阮不等我开口，就又有些惊喜地告诉我，连她也没想到，当阿阮爸爸知道自己要出事的时候，事先藏起了十两黄金。阿阮妈妈一直没拿出来，也没告诉阿阮。现在，这笔黄金可以派上用场了。

我听了之后，真是不敢相信自己的耳朵。但事实就是这样。我们压根不需要担心该缴纳的黄金数目，都够了。我也说了阿强对我说的话，我们一家的费用就是二两，这个数额我们家已经筹齐了。阿阮听了很高兴，她说她妈妈一直担心我们家是否能筹到费用，她想不如都让她这里给出了，十两黄金不少，几乎用不着为费用着急了。当然，这十两黄金也不会全部用在我们两家人身上，她妈妈还要给阿凤一些，阿凤在阮家大半辈子了，她不能让阿凤两手空空地去西贡，至少得给她留下往后度日的钱。现在居然都可以解决了。

我和阿阮的心中真的被狂喜充满了。我们一直抱在一起，然后吻在一起，然后……是的，我不想隐瞒，就在那天，阿阮把自己给了我。那是我们第一次结合。如果我预先知道接下来发生的事，我一定不会那么做，即使在狂喜的驱使下，我们都有强烈的身体冲动。但接下来的变故也就像刚才的变故一样，让人根本无法反应，就接二连三地发生了。

6

到了中午，阿阮妈妈还没回来，这有点意外。以往她们去团契，不会中午也不回来。我很自作聪明地说："会不会去我家了，一起商量离开的事。"阿阮觉得也可能如此，于是我们就一起往我家走去。

那个短暂的时刻，我和阿阮都被狂喜充满了，只要我们不分开，其他的一切都不会是问题。虽然去中国之后的情况还不得而知，我们毕竟在一起了，而且，和我们的家人也在一起，人生没有比这更幸福的事了，前面的路就算有些迷茫，又算得了什么？我甚至觉得，人生对我再也不会构成任何威胁，我什么也不怕了，什么也不担心了。我想和阿阮就这么一直走下去。

阿阮家离我们家不远，很快就到了。意外的是，我家里居然也没人，我的确感到奇怪了，我们想了片刻，想不出父母怎么还没有回来。阿阮忽然说："既然他们都是去了教堂，我妈妈和阿凤也是去了教堂，也许大家都还在那里有什么事，不如我们也去教堂看看。"我觉得阿阮说得有理，我们便又出门前往教堂。

到教堂才知道，阿阮妈妈竟然在和信徒们团契时忽然晕倒了，我父母和阿凤赶紧手忙脚乱地将阿阮妈妈送往医院。我和阿阮真是吃惊不小，我们一直知道阿阮妈妈身体不好，尤其最近，咳嗽得非常厉害，只是我们被将要离开的事占据了全部心思，几乎没去注意阿阮妈妈的身体状况。她在这个节骨眼病倒，我们一下子心慌意乱起来。我能想象当时父母和阿凤的慌乱，以至都没想到要去把我们叫过来。

我和阿阮赶紧往医院跑去。

阿阮妈妈果然病得不轻。医生说是非常严重的肺炎。医院严令阿阮妈妈立刻住院，如果再拖，将危及性命。我和阿阮都惊呆了。一旦住院，就意味着阿阮妈妈不可能离开会安了，就算她能离开医院，从越南前往中国的漫长海途，也绝不是一个病人能承受的。我赶紧询问医生病人的状况，医生的回答是病人已虚弱到极点，肺部感染极为严重，短期内不可能出院，即使出院，也只能卧床疗养，决不可进行剧烈运动。

我问医生："住院时间估计需要多久？"医生漠然道："先住一个月看看，这是最起码的时间。"我不由得呆了，再看看阿阮。阿阮没有看我，她只是看着她妈妈，整张脸变得苍白起来。

我立刻做了决定。我对我爸爸妈妈说道："我要留下来，如果有人要赶我回中国，哪怕藏，我也要先藏起来。"父母看着我，他们脸色惨白，不知如何回答。我悲伤至极，忽然对父母说道："明天阿强的船就出海了，我们先不上那一趟，等等再看。"

爸爸看看病床上的人，又看看阿阮和我，然后说："我们先让阿阮妈妈好好休息，我们先回去，待会还有人到家里来交易。"
我看不出爸爸对我说的话是赞成还是反对。我心里当时就决定了，
明天决不离开会安，我一定要在这里陪阿阮。不管怎样，我不能
在这时候离开阿阮。

　　妈妈也说："阿陆，我们先回去吧，让阿阮妈妈好好休息。"

　　我知道父母的话是对的，我还是说："我先留在这里。"爸
爸妈妈互相看了一眼，然后爸爸说："你留在这里也好。"

　　父母走了。我走到阿阮身边，伸手放在阿阮肩上，说道："阿
阮，你放心，我会留下来陪你的，你们走不了，我也不走，如果
有人赶我走，我就先找地方藏起来。"

　　阿阮扑在我怀里，将将我的衣领咬住，我感觉她浑身都在颤抖。
我轻抱着阿阮，不知怎么安慰她。我只顾说："阿阮，你妈妈会
好起来的，一定会好起来的。"我一边说，一边感觉自己心里有
种无可名状的悲伤在无边无际地弥漫。

7

下午六点不到，回去做饭的阿凤就将做好的饭菜带到医院来了，妈妈也来了，让我意外的是，阳狮和阿秋也来了。妈妈说："阿强到我们家来了，正和你爸爸说话。"我一怔，没想到阿强会去我们家，但随即想到，他要带我们一家离开，先来谈一些具体事宜也很正常。阳狮和阿秋是和阿强一起到我们家的，听说阿阮妈妈住院了，所以他们也就和我妈妈一起过来看阿阮妈妈。

阿阮妈妈真的虚弱异常，她甚至连半靠在床头的力气也没有了，只能躺着，仍在轻声地咳嗽。她见我妈妈过来，脸上很悲伤，很慢很慢地说道："我是决定了要和你们一起走的，可是现在，我只能把阿阮这孩子托付给你们了。"

她又转头看我，说道："阿陆……"

她还没有说完，我妈妈就赶紧拉住她的手，说道："不，阿阮不能跟我们走，你现在病成这个样子，没人照顾，怎么可以让阿阮跟我们走呢？再说了，就是你身体没毛病，我们也不能让阿阮扔下你一个人在这里的。"阿阮妈妈虚弱地一笑，说道："你放心，阿阮走了，我这里还有阿凤。"她说着，眼睛就看向了阿凤。阿凤双手抓着衣襟，赶紧说道："太太，你不要这样说，我不去西贡了，我留下来伺候你。"阿阮妈妈又虚弱地一笑，对我妈妈说："我知道是我拖累了你们一家子，你们带阿阮走吧，她和阿陆，走到今天很不容易，我们是长辈，能做的不是拆散他们，你说是吧？"

她说到这里，阿阮又扑倒在床前蹲下来，双手抱住她妈妈，哭道："妈，我不离开你，我不会离开你，我要照顾你，我不走！我不走！"

我那时也满怀悲伤，走到阿阮旁边蹲下，也看着阿阮妈妈说："我也不会走。"

我真的不知道，我当时说出这句话的时候，我妈妈会是怎样的感受。我父母只有我一个儿子。对他们来说，怎么可能让儿子不和他们一起离开？他们去了中国，那里的状况简直无法预料，他们当然会希望我能在他们身边。可对那一刻的我来说，我真的觉得不能扔下阿阮一个人在这里。尤其她现在已经是我的女人，我怎么可能让她独自留下来？人啊人，总会面临一些很难很难的选择。如果没有选择，人也就不会痛苦。更可怕的是，人一旦无法做出选择，看见的几乎便是绝境。我现在确实能够体会，当时我说出那句话的时候，我妈妈一定比我更加痛苦。她的儿子就在她面前，说出的是留下来，不跟她走，不跟自己父亲走，他要让他们两个老人去面对预测不了的未知岁月。这真的很残忍，但我当时还不能体会。阿阮妈妈是能体会的，所以她赶紧说："阿陆，你不能留下来，你父母需要你的，你要阿阮留在这里陪我，你父母也需要你去陪他们，你有这份心，我已经很满足了……"

阿阮整个下午都没和我说多少话，她只是紧咬着嘴唇，不让自己哭。我知道她内心何尝不想我能陪她。如果我们没有做那件事，或许她还能挺过我离去所带来的伤心，现在她真的不能做到了。

阿阮妈妈的话让我无法回答，阿阮也不能回答。阿阮妈妈的话提醒了我，我爸爸妈妈确实也需要我的照顾。我真的能忍心让他们两个老人去往一个陌生的国家生活吗？我真的觉得自己无法去选择。阳狮和阿秋进来后只是询问和安慰了阿阮和阿阮妈妈，现在他们在一旁听着我们的谈话，也实在不知再说什么。我面对的难题几乎是没办法解决的。如果能够解决，大概也不是这间病房里的人能够想到办法的。两全其美的事哪里都没有，左右为难的境况倒是时时让人遇见。

阿阮妈妈继续说："阿阮，你听妈妈的话，和阿陆他们一起走，妈妈也活不长了，你的路还很长，妈妈不能拖累你的，你长大了，有自己的生活要过，阿陆是个好孩子，你好好跟他一起，妈妈还有阿凤，不要紧的。"

我忽然转身看着阳狮和阿秋，说道："我们都暂时不走，阿秋，你回去和你哥哥说，我们都先不走。"

阿秋还没回答，阳狮犹犹豫豫地先开口了，他说："阿强告诉我们了，明天，会有军队的人过来，所有人都得走，你就是拖，也只能拖几天，阿强船上几乎都没有位置了，他现在每趟出海，都是超员航行，他为了我们，算了又算，我们只能在明天上船，阿陆……"

　　说到这里，阳狮觉得自己说不下去了。

　　我们都没想到情况会变得如此复杂。阿秋倒是接下去说道："阿陆，你看这样可好？我们明天还是一起走，阿阮她们是越南人，没有人会对她们怎么样的，等阿阮妈妈养好病了，她们可以再过去的，你们也就是分开几个月而已。而且，几个月后，这里也没什么华人了，我哥哥再送她们过去。"

　　我定定神，也许，阿秋说的还真是最好的办法。我看了看阿阮，她还是看着她妈妈，眼神充满绝望。我心中一痛，说道："我现在去找阿强，把情况先问个清楚。"

8

　　但是非常奇怪，我那晚总是找不到阿强。我先去了码头，码头上没有，棚屋里没有，来远桥上没有，我又跑到他家里。那时阿秋还没有回来，阿强家里一片漆黑，自然家里也不会有人。我觉得真是奇怪。昨晚阿强和我说，像他那样的人，就算明天被人砍死也不稀奇。我那时想到的总是极为不好的念头。他不会真的出事了吧？秋盆河两岸各种势力都有，现在阿强在一把一把地赚大钱，被人眼红也是极为正常的事，所以他对我说的话也没有什么夸张成分。我只是不敢相信，难道他昨晚才说的话，居然一语成谶了？在这么折腾的路上，我还遇见阿正几个人，平时我自然不会和他们打交道，那晚我也顾不得了，上前就问他们知不知道阿强在哪里？奇怪的是，连阿正也不知道阿强今晚去哪里了，他们刚才在一起喝酒的，阿强忽然就独自走开了，也不要他们跟过去。总之，没有任何人知道阿强在哪里，好像阿强突然在秋盆河两岸消失了似的。我心慌意乱，又赶紧回家去。

　　到家后看见妈妈已经回来了。她说时间晚了，医院不允许他们留在病房，现在病人需要的是休息，于是他们就都离开医院回去了。我赶紧问了句："阿阮呢？"妈妈说："阿凤陪她回家了。"我听了才放下心来。我紧接着又问爸爸："今天阿强过来谈了些什么？"爸爸说："阿强过来只是说好上船时间，在哪个船坞上去，先坐他的哪条船去岘港，然后再从岘港怎么上大船等，无非预做一些安排。"虽然爸爸也奇怪阿强怎么会突然找不到，但是他倒没有像我认为的那样，以为阿强出了不测。在爸爸看来，阿强目前势力庞大，他虽然在赚大钱，但其他有势力的也赚得不少，即使有人仇视阿强，也不会在这个时候对阿强动手，毕竟所有人的心思都在先如何赚钱上面，再说了，阿强傍晚过来的时候，是带着阿正一起过来的，也没见他说到其他的事，所以，阿强不会出什么事。爸爸的话我觉得有道理，但阿强忽然不见了的事实还是让我忐忑不安。我知道我那段时间无法让自己冷静，也当然无法对遇见的事情去做理性的分析。

然后，爸爸开始问我了。他问我是不是真的不想动身，要留下来陪阿阮？我咬着牙，不知如何回答。爸爸叹气了，他能理解我对阿阮的情感，但他还是觉得阿秋的建议其实是不错的（妈妈回来后，自然将医院的事转告了爸爸）。其中最核心的是，我们是中国人，现在不可能留在这里。是的，今天阿强也说了，明天军队都会过来干涉，对拿不出黄金的人，自然不会免费驱逐上船，而是全部赶到一处集中，等待他们的真不知是何命运。

我能听出来，如果交不出离境的黄金，等待那些人的，恐怕会是性命之忧。至于藏起来，是非常不现实的，没有哪个越南家庭敢窝藏一个中国人，所以，我们无论如何，明天一定得离开。也许，事情会像阿秋说的那样，等几个月后，阿阮妈妈身体好了，她和阿阮不还是可以来中国吗？就算阿阮妈妈身体没有恢复，等上一年半载，也总是会好起来的，那时候她们还是可以过来。

听了爸爸这番话，我也慢慢觉得他说得是有道理的，这是理智的分析。每当有混乱发生时，人最需要的，真的就是理智。我知道我那时最缺乏的就是理智，冲动倒是不少。我不敢跟父母说我和阿阮已经发生关系的事。我害怕父母会狠狠地责备我，我为自己做的事懊悔万分，我觉得我伤害了阿阮，尤其是，在和她做了那件事后的第二天就远走高飞，是不是一种极不负责的表现？尽管我知道，我不是不想负责，更不是想一走了之。我知道每件事有每件事的后果，只是人在很多时候，并不能预料真正的后果是什么。对阿阮来说，她给了我一个女人最珍贵的东西，自然会有自己最美好的希望，如今我真的不能给她希望了吗？我虽然觉得阿秋和爸爸说得都对，我和阿阮不就是分别几个月吗？再长一点，也不过像爸爸说的，一年半载之后，我们总会再聚的。我可以下一万个决心，我和阿阮能够再聚的话，我永远都不会再和她分开，可是今天呢？现在呢？我要做的真的就是和阿阮分开吗？阿阮和我曾分开过两年，我们重逢的那天我说过什么？不是说过再不分开了吗？怎么现在居然要违背自己的誓言了？想到这里，我心里像被一把刀慢慢割开一样痛。尤其是，我们动身的时间就是明天了。是的，我们有时候觉得明天在等待中来得非常慢，有时候又会觉得太快太快。我忽然无比害怕将要到来的明天。

　　我坐不住了，对爸爸妈妈说："我去看阿阮。"

　　他们都没有阻止。我开门出去了，不管明天如何难以忍受，至少我想把今夜变得漫长一点，我要去陪阿阮，要去和她说话，要去和她谈一个更远更远的明天。我知道，那才是我们真正想要的明天。

9

阿阮家里的灯光还亮着。我过去敲门，喊着阿阮的名字。门开了，阿阮站在门后。她脸色苍白，好像大病未愈的样子。

阿阮看见我，立刻哇的一声哭开了，扑过来倒在我怀里。我紧紧抱着她。

阿凤也过来了，她说："阿陆，你……进来。"

这句话好像提醒了阿阮，我还站在门外。阿阮赶紧松开我，让我进去。阿凤也一直悲伤不已，她既是为阿阮妈妈的病情，也为我和阿阮的未来。看得出，她好像没时间去想自己将来如何。她让我坐下，想去给我倒杯茶。我不要她给我泡茶了。阿凤看看我和阿阮，就说她很累了，先去睡了。说完她就到自己房间去了。

我和阿阮面对面坐着，我们忽然就抱在了一起。那一刻，我没有吻她，连想都没有想过去吻她。我们只是拥抱着坐在一起。阿阮低低地说道："阿陆，我怕，我真的很怕。"

我赶紧说道："不要怕，阿阮不要怕，我在这里陪你。"阿阮说："你现在在陪我，可明天你就走了，你就再也不陪我了，我觉得我会永远都看不见你了，永远都看不见了。"

她重复那句"永远都看不见了"的话时，我能感觉她在那一刻真的是心碎了。我也觉得我的心在碎裂。我双臂用力，把阿阮抱紧一点，说道："不会的，我们不会再看不见的，决不会的。"我凝视着阿阮，继续说下去："你那年去西贡，我们分别了两年，不也再看见了吗？这次也不会看不见的。"

阿阮哽咽着说道："那次我只是去西贡，我们都还是在越南啊，可这一次，你要去的是中国，我们怎么还可能再看见？你说啊，我们怎么还可能再看见？"

我抚摸着阿阮的脸，说道："中国不远啊，只隔一个海，等你妈妈身体好了，你们就去中国，好吗？"

阿阮摇着头，说道："不，我不想你明天走，我心里有预感，你这次一走，我就会真的再也看不见你。阿陆，你不要离开我，我受不了，我真的受不了，今天看见我妈妈这个样子，我觉得我也要躺在病床上去了，我一躺下去，可能就再也起不来了，我要是死了，你不在我身边，我会更受不了的。"

我捂住阿阮的嘴，说道："不要说那个字，阿阮，你还这么年轻，怎么可能会死呢？我们都不会死，我们还要活很久很久，我要你活着，活着等我们再见。"

阿阮又突然哇的一声大哭，说道："你为什么一定要走？你不是说了吗？你不走的，你说了你会留下来，你说了你会陪我，怎么你还是一定要走？你说过的话你忘记了吗？你就在这里陪我，等我妈妈身体好了，我答应你，我们就和你一起去中国，和你爸爸妈妈在一起，我妈妈这个样子，她实在不能走啊，阿陆、阿陆，你说过会在这里陪我的，你说过的啊。"

阿阮的话让我心里痛苦万分。是啊，我下午在医院不是说过吗？我会留在这里陪她的，怎么转眼我就要离开她呢？就连阿强那样的人，也从来说话算话，甚至，他只在心里说过的话也一定做到，怎么我会如此不如阿强？

我凝视着阿阮，那一刻的感受我的确无法形容。忽然我把阿阮往怀里拉得更紧一些，在她耳边说道："好，我答应你，我明天不走，我留下来陪你，不管发生什么，我都会留下来陪你。"

阿阮苍白的脸上露出悲喜交加的表情。她稍微松开我，往后靠了靠，说道："你真的答应我了？真的不走了？"

我说道："是，我答应你了，我不走。"

可是，阿阮泪水不停，说道："你不能不走啊，我妈妈说了，你爸爸妈妈也需要你照顾的，你不能为了我不要你爸爸妈妈的，是吗？你爸爸妈妈会恨我的，他们恨我，你也会恨我的。"

我也慢慢松开阿阮，凝视着她。我知道，我真的得做出决定了，而且，这个决定一旦做出，就决不能再更改。要么走，要么留。如果走，也许能像阿秋和爸爸说的那样，过几个月，或者过一年半载，还能和阿阮重逢，但这也只是一种可能。我从心里知道，比这更大的可能是不会再见到阿阮。今晚这一别，也许就是永别。一个我不能回避的问题很清晰地浮现出来。我一旦去了中国，怎么联系阿阮呢？我们到中国后将去哪里落脚都不知道，现在中国和越南如此对立，我即使给阿阮现在的地址写信，那信也许是根本寄不出来的。我知道不可能再回越南，这就意味着我们终生都找不到彼此。即使阿阮和她妈妈以后去了中国，她们能知道我们在哪里吗？说等阿阮妈妈身体好了再去中国和我们团聚的话，其实是自欺欺人。我们只要分别，就不可能再见。阿阮说得对，我们以前分开两年还能重逢，是因为我们都在越南，阿阮知道我在会安，哪怕她那次回来没想要去找我，也总是会遇见的。如果我这次去中国了，就无论如何也不会再见了。

我眼睛定定地看着阿阮，一个字一个字地说道："阿阮，我决定了，我不走！我答应你了！我知道我是对父母不孝，可我也知道，我不能失去你，你不要再用我父母来动摇我，我不想再动摇了，不管有什么危险，我都留下来。"

我说完了，还是凝视着阿阮。阿阮也看着我，脸上的表情凝固了，她忽然又扑倒在我怀里，说道："阿陆，我答应你，等我妈妈身体好了，我们就和你一起去中国，我知道你要回中国的，我也和你一起回去。"

10

这一夜如此漫长。我和阿阮始终依偎在一起。我说了会留下来，我也知道我肯定会留下来了，我没有回到父母家去，阿阮也不想我回去。我知道她害怕我一回去，也许就不会再来了。她时而说要我留下，时而又说要我离开，时而说到她妈妈，时而又说到我父母。她说："如果把你留下，我是不是很自私？"一说到这里，她就一个劲要我和父母去中国，可转眼又说不能和我分开。我觉得我简直要崩溃了。是的，我真的下了决心，因为我必须下决心，这件事容不得我回避，我也不可能回避。我告诉自己，不管阿阮再说什么，我都要留下来，留在阿阮身边。我不能失去她，我生命里不能没有阿阮。我知道我的选择对父母是残酷的，但难道抛下阿阮的选择就不残酷吗？我终归要对一方残酷。无论我对哪一方残酷，我知道我心里都将背上一个巨大的十字架，一生都无法把它卸下来。我感觉阿阮也在崩溃边缘，她几乎在说着连自己都不知道的谵语。终于，她身心俱疲，把头靠在我肩膀上，像是睡着了一样，但又总会忽然惊醒，将我紧紧抓住，她的眼睛只睁开看我一下，然后又继续沉睡，似乎她只需要那短短一秒，确认我在她身边就放心了，于是就可以睡了。

我一直伸着臂膀搂住她，心里很悲伤。我虽然做出了决定，但不等于决定了就能把心彻底放下来。我不断回想爸爸妈妈和我一起的生活点滴，尤其是这几年，我和爸爸几乎每天在一起，我真的发现，我对他们是爱到骨子里的，哪怕我无法时时感觉那种骨子深处的东西。这其实是所有情感中最自然而然的情感，它不需要表达，它就在你的血脉中起伏，甚至，它就是血脉本身，没有谁能割裂开来。而最无情的现实却是，所有的孩子终归要长大，也终归要离开他们的父母，不管是哪种方式的离开，即使表面上还住在一起，生活终归还是分开的。我不知道，我这么想是不是要说服我自己，我的确需要对自己有一个说法。人做出选择，都一定有一个理由，这个理由就为了让选择者告诉自己，这是对的选择，是唯一的选择。我心里隐隐冒出的念头是，既然我决定留下来了，那就意味着这是我爸爸妈妈在会安的最后一夜了。这一夜我应该去陪他们才对。那些日子，最撕裂我的感受是，我陪着阿阮时，就想着我父母；陪着父母时，就想着阿阮。我真的想，如果这世上能有两个我就好了，那我既不会有分裂的痛苦，也不会有现实的痛苦。

我看着阿阮靠着我肩头睡着了，我也觉得累极了，可我睡不着。这些天我感觉一直都睡不着，即使睡着了也能感觉自己心里的狂涌。我在昏昏沉沉中还想到，当我留下来，会不会成为阿阮的累赘？爸爸从阿强那里知道，对于没有走的中国人，越南政府是不会允许你自由的，说不定，我会被驱赶到一个陌生的城镇？如果那样，我留下来也等于没有留下来。能够避免这一事件发生的方式，就是我得藏在阿阮这里。对我来说，这是我接受不了的屈辱，而且，阿阮把我留在这里，她也会过着提心吊胆的日子，生怕哪一天我会暴露。我将在这里躲藏多久啊？这是谁也预测不了的期限。至少现在，我看不到它结束的那天。难道我的日子将在躲藏中度过？我忽然不寒而栗。现在阿阮靠着我，我的肩膀是给她依靠的，如果我不能出去，就会是我在依靠阿阮了。阿阮如此瘦弱，她如何扛得住那么大的压力？这些想法在我脑中飞快地闪掠，我连把它们抓住的力气也没有。我知道自己是太累了，或许，等我精力恢复了，就不会有那么多念头了吧？谁知道？或许事情终于会好起来的。我心里最强烈的感觉是，我留下来是为了照顾阿阮的，不是让她去承受她根本承受不了的压力的。

　　我在恍恍惚惚的无数乱想中也好像睡着了。我和阿阮一直坐在两张并排的椅子上。我到今天还不能确定，我们后来是不是真的都睡着了，我只知道，那一夜真是非常漫长，比我一生经过的任何一个夜晚都长，我一生中的夜晚好像都没有像那个夜晚一样，被如此多的思绪拥堵。可当天色终于亮起来，一缕光线从窗口进来的时候，我又发现，它其实比我经过的任何一个夜晚都短。短得如此不可思议，怎么这么快就天亮了？

11

原以为，刚刚结束的夜晚是决定我去留的夜晚，事实上不是。如果真的是，我也不会在现在写下这些文字了。

我听见外面的人声开始出现。这是十分正常的。很长一段日子里，每天都有无数华人从家里出来。他们很少有携带行李的，有些人扶老携幼，有些人是独自一个。他们都前往秋盆河，在那里的码头上船，先去岘港，再从那里登船前往中国。

我的心陡然被什么刺痛了，我知道，我爸爸妈妈也将在这天早上离开。他们昨晚没有过来找我，也许，在他们心里，知道昨晚是我和阿阮在一起的最后一晚，所以，他们让我在阿阮家待着。他们现在一定在等我回去，然后一起离开。不管他们的想法是否果真如此，我想到的是，我得去和他们告别。我不知道今生是否还能再见到他们，所以，这将是我们此生最后的一次告别。我不能陪他们回中国去。不管我在那一刻多么害怕面对父母，也不管多么害怕看见我对他们说出我的决定后他们的反应，我都必须去和他们告别。这是我一定要做的事。

　　阿阮这时还没醒来。她真的太累了。也许昨晚她没怎么睡着，此刻却睡得很沉。阿凤也从里屋出来了。她看见我们居然就在外面的椅子上依偎了一夜，也没怎么吃惊。我和阿阮昨晚的话，她在里面也应该听得清清楚楚，所以此刻不会意外。

　　我赶紧示意阿凤，让她将阿阮从我身边移开。我的手臂酸麻得厉害。阿凤上来帮我扶起阿阮。阿阮似乎像在梦中一样地喃喃道："阿陆，你说了不离开我。"我扶着阿阮，说道："我不会离开你的，你先去睡一会儿。"阿凤扶着阿阮。阿阮眼睛也睁不开，她没再回答。阿凤搀着她进里面房间了。我看着她们进去后，才开门出去，立刻飞快地往家里跑去。

　　爸爸妈妈果然在家里等我。此刻房间已经全部空了，我们所有的家具都卖出去了，我们唯独不被允许卖的是房子。当我们离开之后，政府会直接安排当地人住进来，所以，我知道从今天开始，这房子就是别人的了。即使我不走，也不可能住在这里，因为不能让阿阮家以外的任何人知道我还留在这里，那样会太危险。

　　我看着父母，真不知如何对他们开口，我已经决定留下来不走了。妈妈一直看着我，然后像是犹豫着说道："阿陆，你和阿阮说好了吗？"我"嗯"了一声，轻轻点头。妈妈这样问我，我知道她的意思是，我是不是和阿阮告过别了。我想说的却是，我回来是和他们告别的。我点头之后，还没有来得及说话，房门被推开，我扭头一看，竟然是昨晚失踪的阿强带着阳狮和阿秋进来了。

　　阿强进来就说，阳狮的父母已经在他的船上等着了，让我们快点动身。我父母见阿强这样一说，就赶紧说："好，那我们走。"

　　我不能不说了。我忽然在爸爸妈妈面前跪了下去，眼泪终于还是流下来。我说："爸、妈，我……我要留下来，我要……"

　　这句话我没有说完，我只觉得脑后生风，脖颈上好像被什么狠狠击打了一下。我倒在地上，昏厥了过去。我最后看见我爸爸妈妈对我睁大不相信的眼睛，他们脸上一片惊恐，然后我眼前一黑，什么也看不见，什么也听不见了。

12

我醒来的时候，感觉脖颈还一阵阵作痛。我不知道自己躺在哪里。我伸手抚摸着脖颈，慢慢坐起来。我惊讶地发现，我竟然是在一间舱房里面。舱房逼仄，只有一张小得连翻身都困难的铁床。我就躺在这张铁床上面。马达的轰轰声从外面传进来。我吃了一惊："怎么我在船上吗？"我赶紧起身往窗口看去，只一眼，我就惊讶得不知所措了，在窗口外面，是一片无边无际的大海。我怎么到海上来了？刚才发生了什么我一概不知。我吃惊得连脖颈上的痛也感觉不到了，一步走到舱房门前，伸手去推门，那门竟然推不开。它的把手可以拉下，没有锁，但好像外面有什么堵住了它。

我心里一片混乱，混乱中又充满说不出的恐慌。我竭力想弄明白，我是在做梦还是在现实中，刚才究竟发生了什么？我模模糊糊地觉得，我刚才是和阿阮在一起，又觉得我是跪在我爸爸妈妈面前——我为什么要跪下？阿阮呢？想到这里，我控制不住了。我已经隐隐约约地知道我在哪里。这让我心里恐慌到了极点。阿阮在哪里？她是不是也在船上？我发疯样地再次扑到舱门上，疯狂地拍打，狂喊着："开门！开门！阿阮！阿阮！"

那扇门被我拍打得直抖，我终于听见外面有人将门捶了一下。我知道有人来了，停下了拍打。舱门朝外开了，阿强走了进来。

我一见是阿强，不由得极度绝望，我知道，我刚才的预想是真的。我目眦欲裂地看着他，厉声喊道："阿强！你……你干了什么？我这是在海上？阿阮呢？"

阿强冷冷地看着我，从兜里掏出一支烟，慢慢点上。他掏烟和点烟时，眼睛一直冷冷地看着我，然后说道："你是在海上，外面就是南海，你很快就要到中国了。"

我快要发疯了，喊道："你这是在干什么？阿阮呢？"

"阿阮？"阿强听见我连续问到阿阮，像是在问一个奇怪的问题一样，他吸口烟，说道，"阿阮在会安。"然后他看看自己的右掌，继续说道，"我的功夫可还真没白练，这一掌打下去，力度掌握得刚好，你还真是这个时候醒来。"

我想起来了，当时我跪在父母面前，想要跟他们说我不走的决定，我还没有说完，脖颈就重重挨了一下，然后我就什么都不知道了，原来是阿强朝我狠狠打了一掌。

我再也控制不住了，伸手将阿强的衣领抓住，对他厉声吼道："你想干什么？你打晕我，把我弄到船上？你这是要干什么？"

"干什么？"阿强抓住我的手腕，将我的手硬生生拉下去，说道，"我不想你留在会安，你昨晚到处找我，以为我会不知道？我现在什么都告诉你，我就在家里躺着，没有开灯，我看见你到了我窗外，你以为我没在，你就走了。阿陆，昨晚我不想和你说话，因为我知道你要和我说什么。其实不管你要和我说什么，我都不会理睬，因为我一定要你离开。我不是对你说过吗？很多年前就说过，我要娶阿阮的。阿陆，你什么时候看见过我说话不算数？我也不管你和阿阮之间有过什么，我都会娶她做老婆的，我女人不少，可我想娶来当老婆的，只有一个阿阮，所以，我不能让你留在会安。"

我狂怒不已，对他吼道："你怎么这么卑鄙？"

"卑鄙？"阿强眉头一皱，他冷冷一笑，"我什么地方卑鄙了？阿陆，你要是留在会安，是要和阿阮在一起吧？可你能不能告诉我，你能给阿阮什么？和她结婚？你用什么和她结婚？你打算在阿阮那个房子里躲一辈子？就算越南政府以后取消了对华人的驱逐，你以为你就能给阿阮什么了吗？我替你回答，你还是什么都给不了，阿阮跟着你，会过什么样的日子？你不要告诉我你爱她，你当然爱她，这点我比你自己还相信，可过日子不是只靠嘴巴上说个爱字就够了的。当你发现什么也给不了阿阮的时候，你觉得你还有脸说爱她吗？"

我被阿强的话给镇住了，他说得又平静又冷酷。我挣扎一下，说道："你以为阿阮是你说的那种人吗？"

阿强哈哈一声，说道："算了，我也不想多说什么，你父母就在外面，我让他们进来，你自己去和他们说。"他将舱门推开，也没出去，只对外扬扬头，说一句，"让他们进来。"

我知道了，刚才我推不开门，是阿正把门堵住了，现在我看见他让开了，我父母走了进来。妈妈一脸惊慌，也许，从早上我被阿强打晕开始，妈妈就一直惊慌不已。爸爸也显得焦急万分。

他们进来了，妈妈赶紧走到我身边，一把抱住我，说道："阿陆，你……你脖子疼不疼？"

我摸了摸后颈，还真有点疼，但比起我心里狂涌的愤怒来，这点疼又算不上什么了。我狠狠地瞪视阿强，恨不得一拳将他当场打死。

13

　　阿强让我爸爸妈妈坐下。看得出，在我昏厥那段时间里，他们已经有过交谈了。阿强还是面无表情地看着我，然后说道："阿陆，你这么看着我，很恨我是吧？其实我真的很想揍你一顿！我刚才的话，是假的，也是真的。我们好歹也是一起长大的人，现在你爸爸妈妈也在这里，这辈子我们也说不上几句话了，我今天就把想说的话都一五一十地说出来。你知道我从小嫉妒你什么吗？"

　　我只觉怒火难抑，吼道："你少说这些！你……你把我送回去！"

　　"送回去？"阿强冷笑一声，说道，"你知道你回去后是什么后果等着你吗？我告诉你，你一旦回去，十有八九是死路一条。至于我嫉妒你什么，也不妨告诉你，阿陆，我从小就嫉妒你一直和父母一起生活。我妈妈死那么早，她的样子我都不记得，我爸爸也经常不在家，我和妹妹就是在孤独中长大的。别插嘴，也别以为我说这些，是要你来同情的。哼！我阿强从来就不需要谁同情我！我也不喜欢被人同情，我只是想说，这还不是我最嫉妒你

的，我最嫉妒你的，是你有时间、有机会可以孝顺你的父母。我
呢？别说我妈妈，我就是想孝敬我爸爸也做不到了。你现在为了
一个女人，可以连父母也不要，你居然还说要回去？你回去了，
这一辈子就看不到你父母了。你现在侧过头，看看你父母，他们
坐在这里，你好好看看，他们年老了，头发都白了，你居然狠得
下心抛弃他们。你一直看不起我，你怎么不问问我，我是不是看
得起你？一个可以连父母都不要的人，我是绝对看不起的！阿陆，
我真是看不起你，不错，你喜欢阿阮，我也喜欢她，可你看我从
监狱出来之后，做过一件对不起你们的事吗？我没有去抢阿阮吧？
如果这件事没有发生，我也不会去抢，我会让阿阮和你在一起的。
现在出现了这件事，我们谁也阻止不了。这是政府的事，不是这
条船上的事。有什么事发生在这条船上，我可以解决它，政府的
事，谁可以去解决？你以为我是乘人之危？你要这么想，你就这
么想就是。你改变不了现实，我也改变不了，没有人改变得了。
你以为你能做什么？给阿阮幸福？你做不到，你能做到的是什么？
我告诉你，你能做的就是趁你父母还活着，好好地陪他们。阿陆，
你以为父母事事顺着晚辈，那晚辈就可以拿他们的顺从不当一回
事？我是没读几本书，可有个道理我懂，人在有生之年，要好好
陪的是父母。这个你懂吗？我看你懂个屁！你只知道为一个女人
不要父母，你他妈的！你都不记得谁生你养你了？你早上在你父
母面前下跪，那算什么？你以为跪一下就什么都了结了？你再看
看你父母，我也从小就认识他们吧？他们是怎么待你的，秋盆河
上的人家谁不知道。看你现在的样子，好像要过来和我打一架，

你他妈有资格和我打吗？我很久没打过架了，要不我们试试？我说嫉妒你也不对，我是很恨你！恨你有对你那么好的父母。你就没想过他们到中国后会遭遇些什么，你能心安理得吗？我知道你不会，你想着他们时会痛苦，可那痛苦不是你自己造成的吗？你可以不去痛苦的，你觉得痛苦很好玩吗？睡一觉就可以过去？不会的，你怎么痛苦也是你自己的，谁也管不着，可你他妈知不知道？不管你父母遭遇什么，他们想的还是你在越南会怎样，他们的痛苦才是你造成的。你今年两岁还是三岁？还要你父母为你担心？你不是想打我吗？来，我站在这里，你打我一拳试试？我让你打，我他妈今天不还手！"

阿强越说越怒，声音也越来越大。我真的从没想过阿强这么能说，但我真的被他说的这番话震住了。我从阿强的眼神中，看出了他对我的轻蔑。我只觉浑身一股冷汗从头到脚地冒出。我不由自主地看看父母。妈妈在我和阿强脸上轮流看，爸爸一手扶着妈妈的肩膀，一手握着妈妈的手。我心中阿阮的脸和影子被他们遮盖了。我抬头再看阿强，嘴唇发抖。

阿强见我们都不说话，又冷冷地说了一句："我会让阿阮过好日子的，这点你们放心。"我知道，阿强说的"我们"，并没包括我。然后他推开舱门，一脚跨了出去，又回头补充道："外面太挤，你们在这里待着，多少会舒服一点。"

说完，他出去了，那扇舱门很沉重地关上了。

14

我看着父母，真的有些发呆了。阿强的话对我震动太大了。我不敢去看父母，倒是妈妈站起来，对我像是很小心地说话，她边说边察看我的神色："阿陆，你也别怪阿强，早上他打晕你，我们都吓坏了……他说一定得让你跟我们走，不然，真的会有生命危险的。唉，我们知道你舍不得阿阮，我们也都喜欢阿阮，可是……没办法啊，她妈妈病得那么重，她走不开，她妈妈也经不起这些颠簸……"

妈妈还没说完，我觉得眼眶发热，喊道："妈，你别说了。"说着，我将妈妈抱住，终于还是哭了出来。爸爸也站起来，伸手拍着我的背。我知道我这次不是因为阿阮哭，而是为父母哭。妈妈刚才说的话让我太难受了。我能体会，妈妈这时候真正所想的，仍然是我和阿阮的分别。妈妈在担心我是不是受得了。我心里真的突然涌起一股愧疚。是的，我真的怎么能够让父母独自去中国？他们将面对什么我一无所知，他们能够面对吗？遇到的问题能够解决吗？有没有人可以帮他们？不管有没有，我怎么能将我的责任转到另外一个人肩上？更何况，这里所有的人都将面对那些未知的一切。每个人有每个人要面对的境况。想到这里，我心里不由得一阵后怕。是的，如果我没有上船，如果我真的留在会安，我父母此刻会是怎样的心情？用阿强的话说，他们生我养我，却还要在去中国后的生活中为我担心，我这不是狠心是什么？至于阿阮，我知道现在不能去想她，我想起来会无比心痛，我的确应该想，难道我不应该在父母身边照顾他们，让他们避免更大的不幸吗？父母的确不幸。我记得爸爸说过，爷爷到越南来，是为了避战乱，后来在越南经商不善，爸爸很早就去船上做工，后来到阿阮爸爸的船队上生活才有些好转。但撑起一个家，终究是需要付出自己全部的。我觉得父母的好日子似乎很短，艰难的日子很长，我从未听他们抱怨过什么，他们把一切承受了下来。后来就是我的原因，爸爸被解雇了，他也没有对我说过什么，还用那笔钱给我买了条船。我越想越觉得阿强说得对，我感觉内心的很多结突然松开了。不错，我是舍不得阿阮。可毕竟，阿阮还有她妈妈和阿凤，她们是在自己的国家生活。除了阿阮此刻感到的痛苦，她们不会有什么其他忧虑。阿阮妈妈现在病了，会有医生给她看病，她会好起来的。我想到了阿阮，内心还是感到无比空洞。我知道我得花很长的时间才能填满这一空洞，即使我终生也填不满，那也只会是我的命运。也许在很多时候，命运不是用来反抗的，而是用来服从的。就像此刻，我不就是在服从自己的命运吗？这船上那么多人不也都在服从自己的命运？我不知道命运究竟是好的还是坏的。它让我离开阿阮，却让我能长陪父母，它也让阳狮和阿秋能终生守在一起。

是的，阳狮和阿秋，我忽然想起，他们也应该在这条船上。我觉得舱房已经透不过气来了，就说："爸、妈，我们不如到外面去，里面太闷了。"

父母也有这个意思。尤其对爸爸来说，这条船是他一直就熟悉的船。他多少次在这条船上押送米粮。除了我们在会安的那个家，这条船是爸爸最熟悉的，所以他也说，我们出去也好，南海毕竟风大浪高，万一有什么状况，他还能帮着应付。是的。我爸爸熟悉这条船，如今在这条他最熟悉的船上去往他念念不忘的中国，这岂不也是命运？

我们推开舱门。这一次，阿正没再堵着门了。我还是第一次面对舱房外面的状况，我的确吃惊不小。只见外面的巨大舱篷里和外面的甲板上，都密密麻麻地挤满了人。他们都是和我们一样，是被越南政府驱逐回去的华人。我觉得这里很多人眼熟，毕竟，他们多半居住在秋盆河两岸。我看着他们，从心底里明白，秋盆河我是再也看不见了，阿阮也看不见了。我不敢多想，在人群中寻找阳狮一家和阿秋。海风从海上吹过来，我觉得身上一阵阵发冷，船上这么多人的体温似乎也聚集不起高一点的热度。人声鼎沸，我倒是忽然感激阿强来，他打晕了我，料想是阿正几个人将我先抬到秋盆河的小船上，再行驶到岘港上的大船。这船上如此多的人，他还是将我安排在一个独立的小舱房中，从他行事来看，是打算将那间舱房让我们三人占据，甚至都没有给阳狮和阿秋。

我在人群里挤来挤去，依照我的想法，阳狮父母也在船上，他们四人应该在某个角落待着。我找了半天没找着，还是爸爸忽然想到很关键的一点。这条大船有上下两层。阳狮一家人或许在上面一层。于是我们又往楼梯旁挤过去。果然，刚到楼梯旁，就看见阳狮正从楼梯上下来。他一看见我，就脸显惊喜之色，说道："阿陆，你醒来了？来，快上来。我们都在上面，我正要去叫你们上来。"

15

爸爸说得不错，这船上下两层，每层都有一个小小的舱房。阳狮一家人就被安排在这个舱房里。两个舱房一模一样。阳狮让他父母在舱房里待着，他和阿秋则在外面。我要父母也去那个舱房和阳狮父母待在一起。我没有进去，和阳狮一起到了阿秋待着的栏杆面前。

阿秋看见我，脸上神色有些悲伤。她看了我一眼，似乎想从我脸上发现一些什么。我很勉强地对她笑了笑。阿秋也回了个很勉强的笑，然后她递过来一尊小小的妈祖像。我心想阿秋终究是女孩，心细，知道在海上需要妈祖保佑。

我伸手接过，阿秋低声说道："这是阿阮给你的。"

"阿阮？"我心里猝然一惊，紧接着一痛，喃喃道，"阿阮给我的？她什么时候给的？"

阿秋还是低声说道："早上……你晕过去了，我就赶紧去阿阮那里，我想告诉她，你要和我们一起走了，阿阮就给了我这个，说要我转交给你。"

我说话的声音都颤抖起来："她、她还说了什么？她、她是不是很恨我？"

阿秋脸上恻然一笑，说道："你这么不了解阿阮吗？她怎么会恨你？她说她已经知道，你回去后，就不会再回来了。她说她理解你，要你别担心她。她说她知道不是你要抛弃她，她说她知道你是没有办法……"

阿秋还在说下去，我的眼泪已滚滚而下，我将那妈祖像紧紧握在手心，不知该说些什么。

阿秋停了一会儿，又继续说道："阿陆，对不起，我……我骗了阿阮。"

我抬起头来，哑声说道："你骗她什么了？"

阿秋眼睛里也闪动泪珠，说道："我没说你是被我哥哥打晕的，我只说你见到你爸爸妈妈后，终于决定跟他们走。我还说……还说，是你要我去看她最后一眼的。我……我怕她会不顾一切地追到河边，她若看见你那个样子，我……我不想她再伤心一次。我只是安慰她，要她懂得，你是爱她的，我……"

阿秋说不下去了，我也不想再听下去，我抬手让阿秋不要说话了。我转身看着大海，手里将那尊妈祖像握紧。阿秋的话我当然能理解，哪怕我那时头脑仍在继续慌乱。我紧紧咬住下唇，看着四处不见岸的大海，我眼前一片迷蒙，"阿阮"这两个字，从来没有如此令我伤痛。

我不知道此时此刻，阿阮在做什么。她也一定在哭，不论多么坚强的人，面对这样的生离死别，不可能不哭的，虽然阿阮看起来越来越坚强，但毕竟还是脆弱的，尤其在她妈妈住院，我又离开的时刻，任何人都会觉得自己在命运的漩涡里挣脱不出来。我真的不知道，阿阮能振作起来吗？眼前的海水茫无边际。何处是天涯？我突然明白了，这片无边无际的大海就是天涯。

我低头看着手心里的妈祖像，我和阿阮第一次牵手就是在福建会馆的妈祖像前。现在阿阮给我的这个妈祖像和会馆里的塑像一模一样。我猜不出阿阮为什么会选择这一款式的妈祖像，她是要我记住当年在会馆里的第一次牵手吗？妈祖是保佑所有在海上航行者平安的。我已经没有平安与否的念头，我只知道，这一生真的和阿阮永别了。不管我和她曾经有过什么样的波折和聚首，这一次是永远永远地分别了。

第四章　归来

1

　　我和阿阮的故事就这样结束了吗？我从来没想过会这样结束，连当面说再见的机会也没有。没有人愿意以这样的方式结束自己的恋情。我当然也不想。所以，这个故事还有一些东西需要我继续写下来。

　　还是从阿强的船继续吧。

　　我虽然在秋盆河边长大，也经常和爸爸去出海口捕鱼，却还是第一次乘船到海上。海洋总是唤起人的某种愿望，就像当年在秋盆河上一样，我那时望着长长的河水也能激起对生活的向往，何况是茫无边际的大海？我以前无数次想象过我到大海上会是怎样的激动，没想到真的到了海上，感受的却是最彻骨的悲伤。当然，我的悲伤和大海无关，更可能的，大海的无边无际，还总会冲淡心里的伤痛。我不记得我倚着栏杆倚了多久。我只知道，我几乎是在一种大脑空白的状态中望着眼前的无边大海。我的思绪真的是一片空白吗？当然不是，我找不到更好的说法来述说我当时的感受。因为什么感受都有，所以又什么都像没有，我的头脑也像大海一样变得无边无际，我在其中只看见阿阮的脸在很远很远的地方出现。我想抓住她，可什么也抓不住。这大概就是失去。一种说不出的空洞在我心里泛起，空洞的中心又是最尖锐的疼痛。

我摊开手，看着手心的那个妈祖像。从童年开始，妈妈无数次带我去福建会馆拜祭和祈求妈祖。当爸爸离开阮家的船队，我就没再看见妈妈去会馆了，但谁知道？或许在我和爸爸每天出海之后，妈妈就不声不响地去会馆为我们祈求平安？我竟然问都没有问过，我和爸爸一直平安，或许真的是妈祖在保佑。现在我和阿阮分开了，她托阿秋给我一尊妈祖像做分别后的纪念。阿阮此刻是不是在会馆？我不知道这尊妈祖像她是何时准备的，我从来没听她说过，也没有在她房间里见过。现在它在我手心了，我知道阿阮一定将它准备了很久，或许是为我们共同准备的，又或许她早已预感我们会分开，就独独为我准备好了，只是她没有亲手给我，那是她——也是我——不愿意面对的时刻。我竭力回想我们最后的日子，我们是不是一直在自欺欺人？

我摇摇头，不，不是的，我们一直就想着要在一起，不论发生什么事情，我们都不离开彼此。但现在我们终究是分开了，终究是不可能走到一起了。我忽然想起来，阿阮托阿秋送给我这尊妈祖像，我给了她什么？阿强说我什么也不能给她，我没想到，我连一个纪念品也没有机会给她。我没有准备，不知道能给她什么，让她在往后的漫长人生里能够想起我。我们有记忆，各种各样的记忆，我们有刻骨铭心的结合，哪怕只有一次。但是，这些真的能变成永远的纪念吗？

阳狮和阿秋见我倚栏面对大海，仿佛如醉如痴。他们都不过来和我说话。我的确如醉如痴了，和阿阮的一切都在我脑中像电影一样闪过，一个镜头连着一个镜头，也一个镜头覆盖一个镜头了。
我清晰无比地知道，这条船每走一米，我和阿阮就远离一米，船
上的时间每过一秒，我和阿阮的分别就增加一秒。我终于回过头
时，看见阳狮和阿秋还在我身后，他们紧紧依偎在一起，他们都
在注视着我，眼里充满的不只是同情，不只是伤痛，也不只是哀
怜，里面还究竟包含着什么和包含了多少，我说不出来。在那一刻，
我忽然强烈地羡慕他们，也嫉妒他们。怎么他们就可以这样在一
起了？怎么他们就可以这样终生都不分开了？怎么老天选择能在
一起的是他们而不是我和阿阮？

　　我看着他们，又觉得我根本没有在看他们。我不知道我的眼
睛里究竟流露了什么，我在他们脸上忽然看到了某种惧意——他
们在怕我吗？我有什么好怕的？我不过是在命运的打击里彻底失
败的人。在这次谁也阻挡不了的事件里，命运打击的是每一个人，
让他们全部离开熟悉的生活土壤，我们没有谁可以抵挡命运，可是
他们，在命运的打击中有种额外的补偿，那就是他们终究没有分别。
他们承受了这次集体事件的打击，但躲开了个人的情感打击。我
二者都没有躲开，我全部都在承受，我怎么会不羡慕和嫉妒他们？
或许，在这种羡慕和嫉妒中，我的眼光流露了憎恨的意味？我当
然不是憎恨他们——那怎么会？我憎恨的是命运。我那时没有去
想，在接下来的日子，我还将承受什么样的命运，我更不会去想，
阳狮和阿秋会承受什么样的命运。因为命运什么时候放弃过对每
个人的打击？

2

　　虽然知道阿强的船是开往中国，但我们都不知道究竟是开往
哪个省份的哪个港口。中国会是什么样子？那里的人和会安的中
国人是一样的吗？想阿阮真的太痛苦了，于是我强迫自己转到这
些念头上来。爸爸以前总是说落叶归根之类的话，我这是要落叶
归根了吗？我现在还如此年轻，我还远远不是一片落叶。去中国
不是我自愿的，不管以后我会多么喜欢，此时此刻终究在我的心
里是抗拒的，不仅因为阿阮，还因为生活的习惯。我一直就记得
爸爸说中国有多少高山大川，有黄河、长江……说了无数遍。其
实爸爸也没见过那些山河，他只是听爷爷说过，他也只是将爷爷
的一些话转述出来，慢慢变成他自己的了。我熟悉的是秋盆河，
我非常喜欢那条河，不知道中国的河流会不会也那样美，尽管我
从心底知道，全世界所有的江河都大同小异，但它们会产生完全
不同的东西。我太渴望在我最终落脚的地方，也会有一条河流，
它就像秋盆河的样子，我可以让自己相信，我并没有从会安和阿
阮身边离开。

后来的事情发生得很快，我几乎有点记不起来。我只记得船上很多人晕船了，他们抓住栏杆向外呕吐。天渐渐黑了，船上还没有一个人去睡。阿强倒是去睡了一觉。从我离开他之后，阿强一直没有过来和我说话，似乎他把要说的都已经说完了。倒是阳狮和阿秋会过去和他聊一会儿。我不想过去，在我心里最深处，我能知道，阿强回去之后，当然就会展开对阿阮的追求了。他追得到吗？我不相信他能追求到，可有时我又觉得他最终会娶到阿阮，毕竟阮家现在太需要一个男人了，而且，像阿强这种强有力的男人是阮家现在最需要的，他可以帮她们撑起垮下来的那个家。想到这里，我心头便沉甸甸的，十分难受。我能做什么呢？我对阿阮一家什么也帮不了。不知何时，我感觉自己陷在一种恍恍惚惚的状态里。一方面我嫉恨阿强能帮助阮家，另一方面我也希望阿阮以后的日子不要艰难。可她们要摆脱窘境，也只有阿强能做到，所以，我也不想上去和阿强说话，我看着阳狮和阿秋同阿强说话，我也恍恍惚惚地不知道他们究竟在说些什么。有那么一两次，我感觉阿强在对阳狮发火，我也不想知道他们是为了什么。阳狮从小就怕阿强，不管以前还是此刻，只要阿强对他说话，阳狮从来都是低着头听，不会反驳一句。其实我也能料到，阿强对阳狮说的无非就是到中国以后，要如何如何善待阿秋。我还记得，阳狮虽然低着头不说话，神情甚至有些讨好，阿秋的脸上还总会忽然露出一丝害羞。我不想去看他们，外面的无边夜景只是黑沉沉一片，波涛声从未间断，就在我伸手可及的地方沉沉喧响。

我偶尔离开这里，也只是去看看父母。他们在那间小舱房坐着。看得出，整条船上没有人想睡，尽管每个人都感觉疲惫不堪。他们每个人都经过了离开前的种种心理折磨，船上的这些颠簸简直不算什么了。晕船的始终都有，还好父母没有晕船。爸爸在海上待惯了，不可能晕船了，妈妈的状态是我有些担心的，幸好，她非常累，我第二次过去看她的时候，她已经睡着了。妈妈就靠在爸爸肩膀上，爸爸眼睛始终注视着妈妈。那个场景让我想起阿阮也曾这么靠着我。我忽然理解，这世上所有患难与共的人都会这样彼此依靠。从我有记忆以来，从未见爸爸和妈妈拥抱过。那是我第一次看见，我没有觉得惊奇，反而被一股酸痛堵住了胸口。我从来不知道，在他们结婚以前，究竟经历过怎样的人生？或许平淡吧，我真不知道。爸爸见我进来，在唇间对我竖起食指，示意我不要惊醒妈妈。

我心里一阵酸痛，爸爸是爱妈妈的，我以前从来没有这样感觉过。做儿子的很少会了解父母的爱情，那一刻我了解了父母。他们经受住了灾难，也始终相依相伴，这是否就是人生的幸福？我退了出去，还是走上舷梯，外面的大海一片黑暗，天空里没有星星，没有月亮，深沉的波涛在眼前起伏。这真的就像我还看不到的未来，它就在我面前起伏，我却什么也看不见，什么也看不清。不知什么时候，船上渐渐安静了，只有马达声在低声喘息。我还是靠着栏杆，感觉自己正被眼前的无穷黑暗一口口吞噬掉。

3

终于天亮了。并不是太阳升起来，昨晚海上星月全无，已能预料，接下来的会是天气恶劣的一天。那一天的天边是从灰暗中透出亮光的，那些亮光似乎在乌云中挣扎，好不容易泄露出一点，然后又是一点。我站了一夜，早已浑身发冷，奇怪的是，我是看着天边亮起时才觉得身上发冷的。早上比夜里更冷。我哆哆嗦嗦地想下去。我想爸爸也应该在后半夜睡着了。阳狮他们也应该早去睡了。船上一夜没睡的人不多，我是其中一个。我呆呆地看着天空在阴郁中变亮。它始终亮不起来，因为下雨了。我抬头看着船篷外的雨水渐渐变大，一种凄凉感在心中涌起。雨是增加愁绪的，这点我体会过，现在我又在体会了。

我终于觉得自己疲惫到了极点。我没想过这一夜会不睡，我早就累了，可我真的睡不着，也不想去睡。船上的人这时也一个个醒来。除了少数人能睡在舱房和两边的椅子上，大多数人都睡在地板上。他们挤成一团，每个人都尽量蜷起身子，不然很容易碰到别人。连舷梯上也坐着人，他们是坐着睡着了，现在也睁开了眼睛。或许因为下雨，船上悲凉的气氛传染到了每个人身上。谁也不知道第一个哭起来的人是谁，整条船很快被哭声淹没了。我也一直觉得喉咙被什么堵住。现在雨下在海面上，好像老天爷也在哭。我不知父母怎样了，赶紧下去。在舷梯上的人已经站起，他们坐了一夜，也想活动一下筋骨。

我刚刚下一级舷梯，就见脸上横着刀疤的阿正走过来。他不是来找我的。他站在舷梯下方，对船上的人大声喊道："每个人都听好了，现在我们要停船了，你们就从这里下船。"我吃了一惊。就从这里下船？外面不还是大海吗？我还没说话，船内已经一片喧哗。所有人都惊讶不已，有人已经问道："这里怎么下船？还没有靠近陆地。"阿正冷笑道："难道你们不知道？我们的船不可能靠岸，没办入境手续，这里离岸已经不远了，剩下的这段路，你们自己游过去。"

我赶紧下来，对他说道："你们怎么可以这样？这里老幼不少，都得游过去？"

阿正斜着眼看我一下，说道："废话就别说了，都下船去，我们准备好了轮胎、树木，还有一些游泳圈，都得下去。"

我能感觉，船在水中停了下来，看来是不会再开了。我心里发急，赶紧从人群中挤到父母休息的舱房前。我推开门。我爸爸妈妈正要出来。见我开门了，妈妈赶紧问："阿陆，外面怎么啦？一下子这么吵？"

我说道："船停了，阿强的船是没办入境手续的，剩下的距离得靠自己游过去。"

　　爸爸一听，也愣住了，但迅速恢复了常态。我事后才知道，对爸爸这样见惯风浪的水手来说，船主的命令意味着不可反抗。他立刻对妈妈说："先别说了，我去拿游泳圈给你，下水之后，千万不要和我们分开了。"爸爸说完，立刻就往外走，我和妈妈紧随其后，也往船头走去。

　　外面颇为混乱。对船上这些人来说，或许知道阿强的船是不可能去办入境手续的，但他们还是总觉得阿强会将他们送到某个港口，现在竟然要他们下水游过去，不觉愤怒起来。阿强也出现了。他冷冰冰地看着每个人，手上的铁棍突然在栏杆上狠狠一敲，这声充满威胁意味的声音让众人的声音停下来了。只听阿强冷冷说道："现在谁也别说废话了，每个人都得在这里下水，谁敢不下，我这第二棍就不是敲在铁栏杆上了。"他说完，目光凶狠地看着众人，然后又补充道，"现在已经是中国境内了，别以为我只是赚钱，我可是提着脑袋将你们送到这里的，都下去！"

　　爸爸低声说道："阿陆，带你妈妈先去船边，我们下去，争是没用的。"他说着，把一个游泳圈塞在妈妈手上。

　　我答应了，带着妈妈往船边走去。我走到阿强面前时，看了他一眼。阿强的眼睛也看过来。他的眼神已恢复成在秋盆河上的冰冷目光了。他的目光扫过我，我喉头一动，还想说一句什么，终于没说。我看见阳狮一家和阿秋都将游泳圈套在身上。我知道阿强的话没错，他不可能将我们送到岸上。他一趟趟来这里的次数不少，知道这里算是安全。他不能再往前走了。他狠盯我一眼后，又侧头看着阳狮，说一句："阳狮，我妹妹就交给你了，你敢对她不好，我到中国来找你算账！"然后，他转头看着我，忽然对我说了句，"也拜托你照顾我妹妹，都下去吧。"

这是我和阿强之间的最后一眼。

我们终于下水了。船上的反抗声没有了，我们做了榜样。阳狮一家和阿秋是紧跟我们下水的。早上的海水真是冷，尤其雨还下个不停。但是没办法，我们只能奋力朝前游动。似乎在这样的生死关头，所有人的潜能都被激发，连上年纪的人也不例外。我一直在爸爸妈妈身边游着。我和爸爸的水性一直极好，海水不会威胁我们的性命。我下水时就已经看到前面千米之外的岸了。骤雨越下越大，我一边游，一边感觉自己忍了一夜的泪水在脸上随着海水和雨水同时淌下来。那一刻，我能感觉我身边和身后的所有人都被一股凄苦至极的感觉包围。我游在妈妈身边，推着她身上的游泳圈，看着远处越来越近的岸。那岸低低地画出一道黑线。那是中国的土壤了。我蓦然有种激动的心情，我脑中从未那样清晰地意识到，那才是我们自己的国土，除了那里，天涯海角都不会要我们。我们不是在走向它，而是在游向它。它打开的海岸线太像手臂，要抱住我们似的。我体内陡然涌起无穷的力量。我奋力推着妈妈身上的游泳圈，向那条黑色的海岸线游动。

这一段距离仿佛无比遥远，但是终于、终于，我们游到了岸边。

4

　　这就是我到中国的第一天。我们浑身湿淋淋地从海水里上岸。岸上有很多人过来了。他们是中国人。我们从黎明的海水里出来，每个人都冷得发抖，爸爸一直紧紧抱着妈妈，其他的夫妻、父子、母女也都彼此抱住。我非常冷，也非常好奇地注视走过来的那些中国人。他们的脸和我们的一模一样，他们的举止、他们的行为，没有任何一点与我们不同。尤其他们的语言，我每一句都能听懂。中国话我只在家里和父母说。在会安的中国人很少有会说中国话的，但我们家一直保持在家里说中国话的习惯。我听到他们每个人说的都是中国话，尽管有少数发音是我感到陌生和奇怪的，还是能够从他们的整句话中明白那些发音的意思。当时海岸上人多，从阿强船上过来的几乎都被寒冷和慌乱笼罩了。

　　我们有百余人，朝我们过来的那些中国人不是普通居民，而是政府派来的公务人员。他们每天都会接到从越南过来的侨民。是的，侨民，这就是我们的总称。我从没想过我们会有这样一个名称。在当时，我们都对这名称没有多强的感觉，我们只想换上干衣，海水和雨都太冷了。那些中国人给了我们雨伞，然后将我们带到一幢房子里。在这里，我们将各自的名字告诉在一张桌子后坐着的人。他将我们的名字一个个登记下来，然后指令我们到另外一个房间。我们毫无头绪，听着一切安排。我现在能记得的是，整整一天，我最强烈的感觉就是冷，我们没有干衣可换，外面的雨总是不停。那晚，我们就睡在极为陌生的房间里，那些被褥似乎不够，我们没有分到，我在难以入睡的心乱中再次度过了一个不眠之夜。

我们船上的每个人都上岸了吗？不是的。那个不眠之夜被哭声充满，有人在最后的游泳中再也没有浮起。其中还包括阳狮的父亲。那一夜，阳狮、阿秋，还有阳狮妈妈的哭声很大。奇怪的是，我心里的悲伤无法促使我起身去安慰。我们渡过的，都是生死之关。我在寒冷中抱紧自己，耳边的哭声使我控制不住眼泪，可我还是没办法起身。安慰能起什么作用吗？就像我和阿阮分开，没有哪种安慰能让我从内心放下。更何况，阳狮父亲的溺亡，不过是为我们的悲伤增加一种悲伤。我很久以前就体会到了，不管命运给你什么，你能做的只是承受。

不知那晚我究竟睡着了没有，天亮时，我发现身上的衣服已经干了。衣服浸过海水，散发一股难闻的咸味。我那时只觉得脑部胀痛，想着什么时候能洗个热水澡就好了。我也不记得等到哪天才完成这个心愿。我只记得整夜雨水淅沥，似乎永远不会停。我还闻到外面有股极浓的牲畜味道。有点像我和爸爸捕到的海鱼气味，其实又压根不是。

阳狮他们没有再哭了，我们每个人都想知道接下来会被如何安排，会去哪里，以后的日子究竟会怎样过。我们用不着交谈，也知道每个人都被一种强烈的感受控制住了。那就是，这里是中国，是我们先人生活的地方。我们之前虽然都没有在这片土地上生活过，我们的根却在这里。这其实是爸爸以前经常对我讲的话，我以前不会有多少感觉，现在却被这感觉紧紧地攥住了。我们没有谁忘得了在越南的最后日子，那是被无边无际的恐慌控制的日子，是一种自己将被驱逐的日子，是一种寄人篱下的感受突然而至的日子。现在我们到了中国，这里的一切对我们来说都陌生到极点，却又没来由地觉得这才是我们终于要到达的地方。我们的祖祖辈辈都在这里，他们不会不护佑我们的。

我记得那个给我们做登记的人说过，我们此刻所在的地方是广西。广西？一个很陌生的省份名，却又总觉得隐隐熟悉。我记得爸爸说过，我们家的先祖是福建人。不知道福建和广西近不近。我莫名其妙地对福建二字有了特别的向往。我真的想我们马上就去福建，尽管那里早已没有我们家的任何亲人了。我很想去问问那个给我们做登记的人，但我没机会。我们排着队，按照他的询问回答几个问题，就一个个离开他。

在我们中间，有个说法传开了，说是政府会将我们安排到不同的地方去。我和这些相同命运的人虽然不太熟悉，却在不知不觉间，和他们每个人都有十分亲近的感觉。我有点不愿意和他们中的任何一个人分开，我们共同经历患难，共同从越南回到中国，已经像是同一个家族的人了。我们都失去得太多，实在不想连这点微小的希望也失去。我记得，我们同心协力地在一座山腰上搭起了很多简易的竹房。在没有接到我们将去往哪里的指令时，这将是我们临时的住处。

我至今都不知道那座山的山名，或许有人说过，我没有记住。我心里的事情太多。那些竹房沿着山腰排开，一座连一座。每间房子都很小。但对我们来说，有一个容身之所已经很让人满足了。妈妈经过那次海上逃生，又被雨淋，感冒了一场。没想到的是，不幸又一次接踵而来。我妈妈挺过了那场感冒，阳狮的妈妈却没有挺过去。或许，因为丈夫的死，她对现在无法适应，对未来也已经绝望。阳狮的号啕使我做不到像第一晚那样无动于衷。当地的政府人员说要将尸首火化，阳狮和阿秋恳求能将母亲埋在地下。或许是他们的悲伤感动了对方，阳狮的母亲终于埋在了这座山上。每个人都在力所能及地帮忙。阳狮和阿秋在母亲坟前跪拜之后，他们不哭了，变得沉默起来。从那天开始，我们和阳狮、阿秋便连了一起。有几个人彼此照顾是减轻负担的方式。当妈妈身体好了之后，我开始感觉日子在进入某条轨道。我们和阳狮、阿秋共同做饭。我们以前从未这样融洽过。我有时会独自走到山巅，在夕阳中眺望越南的方向，心里不自禁地狂问狂想，阿阮、阿阮，你现在怎么样了？

那尊妈祖像在我手里被握得越来越紧。

5

　　我们在山腰的竹房里居住的日子并不长，应该也就一个来月。从半个月前开始，就已经有人陆陆续续地离开这里。我看着那些渐渐空出来的竹房，心里变得沉重。我能感觉到，我爸爸妈妈的心情也和我一样，只是爸爸毕竟经历得多，他终究能够承受。我记得每当有一人或一户人家离开，妈妈都免不了要伤心一场。阳狮尽管有阿秋陪伴，心情却是最低落的。也正是因为阿秋，阳狮才终于从父母离世的伤痛中走了出来。他越来越依赖阿秋，也越来越依赖我们一家。我总感觉他每天都处在惶恐不安的状态中，我有时会看见他忽然发狂或者痛哭。他一哭，阿秋也跟着哭。其实我也很想哭，但我知道我不能哭。我一定得在父母面前坚强一点。

　　终于到我们也离开的时候了。那天有人上山，上来的人和以前一样，手里拿着一本花名册，开始点名。我们一家和阳狮、阿秋都被点到了。他说出了我们将要去的地方。那个地方的名字很好听，叫作国营光明农场。我们将去的农场在广东宝安。那时，我们都还没听说过宝安，广东倒是知道，我们眼下在广西，广东和广西挨在一起，应该不远吧？至于宝安，料想也就是广东的一个市。光明农场呢？难道我们要去农场干活？想想也没什么，有活干，就意味着我们不会流落街头。而且，农场二字，给我极为丰富的联想。也许，那里的农场千里稻穗，收获丰年。我们原来所在的会安是越南一个极小的地方，它虽然不是农场，但毕竟和乡下差不多，我担心的是自己没干过农活，不知能不能干好。

阳狮、阿秋的疑问和我差不多，但我们都没得选择。不过，我对要去的光明农场倒是充满了好奇与期待。我相信爸爸说过的话，除了少数出类拔萃的天才，每个普通人迟早都将在某个称为归宿的地方度过一生。我自然不是什么天才，我只是一个想要一份普通生活的普通人。能和自己的亲人在一起，和自己相爱的人在一起，我就没什么要求了。我现在和我的亲人在一起，爱人却是不可能了。我渴望的是在自己的生活里按部就班，让这一生平静地度过就感到满足。那个叫光明的农场给了我一种暗示，也许，我今后的人生会变得光明起来？我经历的这次归国事件不是每个人都会经历的。它包含了一种我无法预料的东西，我可以将它归结为命运，我们所有人都在命运里难以反抗，能做的就只是接受。现在，我们居然要去一个叫光明的地方，还真是让我感到某种命运的指向。或许到了那里，我会慢慢摆脱苦恼，会慢慢进入真正属于我的生活。

我们是坐一辆长途汽车出发的。和我们一起过来的侨民已经走了一大半，他们去了哪里我都忘记了，毕竟那些地名对我来说太过陌生，只听过一次，很难记住。我们那时虽住在山上，还是能感觉，中国真的是一个非常大的国家。好像一个人走上一生也不可能走完它。我们和很多人从此分散天涯，不知道他们究竟会过得如何，也许，他们就将在那个被安排去的地方度过一生了。我们能和阳狮分在一起是很幸运的。这是我们那时最渴望的事，能够在疆域如此广阔的中国不分开，无论如何都值得我们庆幸。阿秋也和我们一起。我时时注意阳狮，他本来是胆小之人，现在变成了被依赖之人，也变成了沉默寡言之人。我知道了，一些人心里的东西，最好不要去碰。能够安静，已经让我们觉得心里的石头落地了。

经过三天的长途跋涉，我们终于到了农场。

6

　　光明农场和我想象的完全不一样。当汽车停下来时，我怀着惊异的心情下车，我眼前所见，只有一片荒凉的土地。我们每个人都感到惊讶，前来接我们的是一位女性，她说她是农场侨办的工作人员。那也是我第一次听到"侨办"二字。是的，到中国以后，我们听到的每个说法无不是第一次听到。我们背着在广西分发的一些行李，跟着她往前走。这里几乎是荒芜的，远处一片茫茫山影。我记得最深的是山下的无数大树，粗壮得令人不可思议。我想起阿阮家门前的那棵古老榕树。它虽然也粗壮，还是比不上这里所看见的树。它们不是榕树，是桉树，它们成片成片地覆盖在山脚，使那些荒山陡然变得像是充满生机。我暗暗想，这就是农场了，我的人生就将在这里度过了。那些我以为的稻穗没有看见，除了那些桉树，我们能看见的无不是荒凉，像是没有多少人在这里居住。能看见的住房也无不是低矮的泥砖房，有些门口站有一些人，他们远远地看着我们，没有谁过来和我们说话。那些人都穿得异常朴素，基本上是浅蓝色的衣服，样式有点像军装，他们脚下穿的倒还真是带鞋带的绿色胶鞋，一些在玩耍的孩童也打量着我们，好像要知道我们是从哪里来的一样。

我们被带到一排瓦房前面。带我们来的女人微笑着说这些是我们的住房。多数住房里其实还有人，他们也出来了，都是一些青年男女。我们在路上就听到了介绍，住在这里的这些青年男女统称为"知青"。他们都不是本地人，是因为响应中国国家领导人的号召，从城市到了乡村或一些边远地区做农民。我们还已经听说，中国在去年恢复了高考，很多知青以这种方式离开了农村。我们到农场的时候，那里的知青已经不多。我看着他们，心里涌上极为异样的感受。我面对的他们都不是本地人，我们也不是，他们现在在以高考或其他的办法回到曾经住过的城市或其他城市。我们如今过来，还真有点接替他们的意味。和他们不同的是，我们是从越南过来的，我们来到这里，就不再有一个可以回去的地方，我们只能在这里待下去。不过，我倒是真的发现我喜欢这里。因为这里安静，那些远山看起来荒凉，但给我的是幽静的感受。安静是我需要的，我的心可以在安静中慢慢平复下来。如果我的一生注定要在这里扎根，我能希望的就是尽快平复自己。虽然离开越南的时间没有多久，但我已经感受到，越南的一切都像是离我几个世纪那样遥远了。我把阿阮藏进了心里一个秘密的角落，那个角落是我不敢、不能、不愿去触碰的角落，也是不会有任何人能够进入的角落，我把阿阮永远地藏在那里，像一个淘金者将自己找到的金矿藏在一个无人知晓的地点。

我后来才知道，这一次从越南过来的中国人先后有将近七百人之多。他们从各自不同的地方过来，不仅有走海路的，还有从陆地上过来的。这也是我们为什么会在广西那个山上居住一个多月的原因。来接越南侨民的人需要等各地来的侨民集中一处了，才好将他们分别安置。最令我们惊奇和恼怒的消息是，很多从越南其他地方过来的侨民并没有缴纳那一两黄金的费用。我慢慢明白了，这是镇上的官员要趁机捞一笔，阿强也恐怕不是不知道其他地方是何情形，他既然在会安，就不得那么做。我后来才知道，除了广东，还有海南、福建等地都有去接侨民的人。我们是第一批到达光明农场的侨民。这数百名侨民基本上都被安排去了农场，除了光明农场，还有珠海的平沙农场和广州的珠江农场等，有些人嫌等待时间太长，选择了就近的属于广西的农场。我这时没有精力再去想那些人的生活和经历了。我知道我需要做的，就是全力以赴地投入将要展开的生活。

我们最先被安排和那些知青住在一起。不知道是不是从归来的船上开始，我就不喜欢和人打交道了，我的心事不会有人理解，也不想找人诉说。那些知青对我们都相当友善，但我还是不愿意进入他们的生活。他们几乎所有人都在白天劳动，晚上读书。照他们的说法，他们必须考上大学，让原本以为永别的城市再一次接受他们。我们家分到的房子里的知青已经离开了，阳狮分配的住房里还有一个知青居住，阿秋居住的房子里则有两个女知青。好在阳狮和阿秋的住处都离我们不远，我们可以一起去农场干活，一起回来。也只有和阳狮、阿秋在一起时，我才有说话的欲望。同病相怜的人没有距离。我们的病是我们共同的经历和回忆。和阿秋同住的那两个女知青和阿秋语言不通,所以阿秋也不常和她们说话。每到吃饭时间,阿秋就和阳狮一起到我们家来吃。我感到阳狮对这里的生活非常不习惯,主要是每天太累,我们的工作是开垦荒地,播下种子。我原来想象的千里稻穗需要我们自己完成。这是我们都没干过的事,都得一样样学做。阳狮和阿秋没有结婚。或许,在那段称得上艰苦的日子里,我们的心情都十分压抑,尤其阳狮父母亡故不久,实在提不起办喜事的兴致。我们每个归来的人都需要一段时间来消化这场变化带来的不适。

日子一天天过去,农场在几个侨民安置点又新建了一批瓦房,这是专门为归侨居住而建的。在每个侨民刚到的时候,都能免费领取桌椅、被褥等生活物品。我不知道那些家具让父母产生什么样的心情,我总想着我们原本在越南的家具,它们和这里的完全不一样。这里的家具简单、实用,我仍然还有不真实的感觉,我很想现在的一切不过是一场梦,当我醒来,依然还是在秋盆河畔。事实上不是,我们都在面对现实,每天都投入农场生活。这种生活有点像与世隔绝,又很难看到前景。

仅仅半年,我就感觉父母已老了很多。他们并没有在家里闲着,每个人都得干活,只是他们干的活比我们要轻松一点。父母虽然知道我心里始终放不下阿阮,可毕竟已经是过去的事了,而且,已经是最渺茫的希望也不会出现的事了。他们当然盼望我能成家立业。我每次听到这样的说法就会忍不住沉下脸来。我现在无论如何也不会去动成家的念头,我离开了越南,我对阿阮之外的女人产生不了任何感觉,农场里的少女虽然不少,我却很少去注意她们。阿秋是我唯一能说上话的女性。她和阳狮每日收工后都很自然地去我们家，晚饭后我和他们一起散步，然后他们各自回去。我和他们在一起时，会很自然地谈论如今已大海相隔的越南，谈论秋盆河。我们很少很少谈到阿阮，半年来或许也只谈到过两三次，这其实是我心里的禁区。他们也当然知道，所以，那三两次的偶然谈及时，也都很快转换了话题。

我变得越来越沉默，和父母也说不上多少话。父母总把我的变化归结到阿阮那里。我也不知道是不是这样。阿阮肯定是一个原因，另外的我也说不清楚，我只知道我确实不喜欢父母总流露盼我结婚的念头。他们经常会说起阳狮和阿秋，好像想以此来暗示我什么。我一般是装作没听见的，让我心里难过的是，妈妈有时会觉得是他们拖累了我，我完全应该留在越南的，那样我和阿阮说不定已经结婚了。每次听到这些，我心里更加难过。我既然回中国了，就不会去想该不该离开越南的问题。阿强在船上说的话我不可能忘记。阿强说的是对的。也不知到底是什么原因，我总觉得父母现在有点怕我一样，和我说话总有那么一点小心翼翼。

我每天咬着牙干活，我那时没想过我的生活还会再出现什么变化，但变化还是出现了。

7

  我们在农场的生活很快就要一年了。那段时间，我父母像操心自己的孩子一样，开始操心阳狮和阿秋的婚事。毕竟，他们一起到中国，就因为他们是发誓不离开彼此的一对。如今的生活虽然艰难，但人人都如此，也就没觉得有多苦。在我父母眼里，阳狮和阿秋，早就是他们的孩子。阳狮的父母去世这么久了，阳狮也早从那种失去双亲的痛苦中走出来了吧。至少，我从来没听阳狮在我面前流露过关于父母不在的悲伤。

  我记得那个晚上，我们五个人一起围桌吃饭的时候，妈妈忽然对阳狮说："我们到这里也快要一年了，你们是不是该把婚事办了？两人结婚了，成家了，也方便多给彼此一些照应。"

  听到妈妈这句话，阿秋有点忸怩起来。我记得她低下头的样子。在那个瞬间，我心里涌上很多感慨。我不可避免地想到阿阮。如果没有发生回国的事，妈妈此刻的话是不是对我和阿阮说呢？当然会这样，但现实终究是现实。我心里隐隐一痛，赶紧埋头吃饭。

  阳狮好像没听明白一样，他抬头看着妈妈，嘴唇动了半天，竟然没说出一句话。

妈妈见状，对阳狮笑了笑，说道："我们都是一家人了，你们都是我的孩子，阿秋跟着你到了中国，这么长时间也不给人一个交代，怎么说得过去？"

这一年里，我们真的已是一家人了，亲近得仿佛阿秋不是阳狮的女朋友，而是他的一个妹妹，就像我也早觉得阿秋是我的妹妹一样，似乎不记得他们应该是走向婚姻的两个人。阿秋的神态让我忽然想了起来。阿秋不是我的妹妹，也不是阳狮的妹妹，是远在越南的阿强的妹妹。阿强让妹妹跟阳狮到中国，不就是让阳狮娶他妹妹做老婆的吗？现在时间过去将近一年，阳狮居然还没娶阿秋，真还就是我妈妈说的那样，不给人一个交代，是说不过去的。我们都知道，因为父母的过世，阳狮当然不可能一到农场就结亲办喜事，现在时间过去这么久了，他的确该娶阿秋了。

阳狮呆了半晌，终于把头转向阿秋。

阿秋见阳狮望向自己，神态更加忸怩。我们这一年的田野劳动，早就晒黑了皮肤，我还是感觉，阿秋的脸在发红。

阳狮的沉默让阿秋从忸怩转向了不安。她的眼睛有点发愣地看着阳狮。阳狮终于反应了过来。他讷讷地说了句："阿……阿秋，你会嫁给我吗？"

他话音刚落，阿秋忽然将手上的筷子放在桌上，站了起来，脚步很快，一声不吭地往里屋走去。

阳狮不知发生了什么事，眼神更为木然地看着阿秋的背影，嘴里继续说道："阿秋、阿……"

他没有说完，我妈妈已经脸色假装一沉（我知道妈妈是假装的），说道："你这孩子在说什么话？阿秋不愿意嫁给你，会跟你从越南到中国？你快进去，好好跟阿秋求婚。"阳狮此刻才反应过来，有点紧张地起身，也去了里屋。妈妈又转头对爸爸说："我们今天就给他们看个日子，他们父母都不在了，我们就给他们办个婚礼，明天你去农场打个证明回来。"

爸爸答应了。我也不吃饭了。真的，我在越南时就知道，阳狮和阿秋回中国后，便会结婚在一起生活的，现在终于到了这一天，我心里涌上股又悲又喜的感觉。我悲是因为想起了阿阮，喜是因为阳狮和阿秋终于能够在一起生活了。我当然还知道，即使他们结婚了，也还是会像这一年一样，和我们每天在一起。他们不能离开我们，我们也不能没有他们。以后，两个家庭就将相濡以沫了。

那天还是出了点事。不是阿秋对阳狮的话感到生气，那真的不算什么。阳狮一直有点颠顸，他说那句话不过是因为要面对生活的另一个层面而起的反应，没什么不正常。当他进里屋之后，没过多久，他就和阿秋先后出来了。两个人都有点忸怩，手却牵在一起。妈妈看着他们的样子，不禁笑了起来，我和爸爸也笑了。

那晚，依照妈妈的意见，爸爸将一本皇历翻开，确定了他们结婚的日子。

时间就在下个月。这样正好，他们有时间去准备。婚姻是人生的大事，有很多很多细节是不可忽略的。妈妈说过，他们就是她的两个孩子，所以妈妈也将为他们做不少准备阶段的事。当然，那时候条件都差，妈妈虽有不少想法，却没办法一一落到实处。

当阳狮和阿秋要结婚的消息传到农场，倒是引起了农场人的兴奋。
我记得，农场的书记特意到了我们家，问妈妈需要些什么。在他
们眼里，阳狮和阿秋真是我们家的人了。

当他们从里屋出来后，阳狮告诉妈妈，他打算去广西一趟。
妈妈有点诧异。阳狮赶紧解释，说想去他母亲坟头告知此事，让
自己母亲在九泉下能够安心。

妈妈自然答应了。所以，当农场书记来我们家，问妈妈需要
些什么的时候，妈妈说能不能给那两个孩子一点时间，让他们去
广西一趟，婚姻是终身大事，阳狮母亲的坟墓在广西，让两个孩
子把喜事告诉死者。当然最重要的一点还有，此刻离阳狮母亲的
周年忌辰很近了。他们从越南回来不易，让他们去母亲坟头看看
也是尽一尽人伦孝心。

书记答应了，批给阳狮和阿秋十天假期，让他们去广西，顺
便也可去大城市买一些结婚喜糖之类的东西。

8

时至今日，我也不知道我当时送他们上车时，心里为什么会突然涌上说不出的伤感。他们明明只是婚前去祭拜一下亡母，那也恰恰是阳狮母亲过世一周年的日子。无论从哪个角度来看，都没什么不正常，我总是记得，送他们上车之后，心里陡然有种难言的悲怆。好像他们一旦离开，就永远不会回来似的。

看着那辆长途车在视野中消失，我觉察到内心的波动之后，就立刻告诉自己，从越南回来的人虽然不少，我真正的朋友却只有阳狮和阿秋。一年来，我们从未分开过一天，我大概早习惯了和他们在一起，如今他们去往广西，就意味着我们将有一段分开的日子，所以，我心里有些感伤是必然的。于是，我赶走了心里的悲伤之念，我开始计算日子，他们十天后将会回来，回来后就将举行他们的婚礼了。那个场景是简陋的，但也会是热闹的和快乐的，生活中全新的一页将在他们面前打开，我不是应该为此感到高兴吗？是的，我完全应该高兴才对。

我记得，当长途车消失得不见影子了，我才慢慢回转。在回去的路上，我竟然不断地告诉自己，我应该高兴、我应该高兴。但我真的没有一点高兴的心思，我将自己的伤感（说惶恐也无不可）归结到我是从他们的结伴而行中想起了阿阮。但我内心最深处泛上的念头又告诉我，这一次的感伤和阿阮无关。真的，那也是第一次，我居然强迫自己去想阿阮，好像要在对阿阮的思念中去寻找我感伤的根源。

那天回家后，妈妈见到我的脸色时有点意外，问我道："你是不是身子不舒服？为什么脸色那么不好？"

我回答说："没有啊，我身体挺好。"

我觉得我内心的那些模糊感受非常不好，我也不愿意在那感觉里待下去。于是我在回答之后，就拿起锄头去了农场。是的，阳狮和阿秋被批假十天，我自然没有假期，该干的活还得去干。我也愿意在干活中忘记很多很多事情，就像这一年来，我愿意自己累，愿意自己麻木，愿意自己在疲惫不堪中入睡，那样我会觉得日子能够过下去。

原来和阳狮住一起的那个知青已经离开农场回城了，所以，他们的新房就是阳狮居住的那间瓦房。不需任何人去了解，人人看在眼里，我妈妈既像是替儿子娶媳妇，又像是替女儿准备新房。她每天都去阳狮的房间，将那里的家具一件件擦得干干净净，甚至墙壁，尽管不可能重新粉刷，妈妈也仔细地慢慢擦净，高的地方就站在桌子上擦。地面也每天去打扫。我觉得那个房间已经非常非常干净了，妈妈还是坚持每天去打扫一遍。另外，妈妈还在农场买回一些红纸，认认真真剪出好几个"囍"字，将这些字分别贴到窗上和墙上。准备在大门上贴的"囍"字最大，还有一些精致的花边。这个字暂时没有贴出来。妈妈担心贴早了会损坏，得等到他们结婚日再贴上去。

看得出，那几天是妈妈非常喜悦的日子，我和爸爸也被妈妈感染了。我虽然做不了那些细致之事，也很愿意去那里和妈妈一起收拾房间。妈妈还把阳狮和阿秋的被褥床单洗得干干净净，在房前晾晒的床单搭在两棵树之间的细绳上，它们随风晃荡，上面印着非常大的红色牡丹花。那些场景我至今难忘。

转眼过去一周了，阳狮和阿秋还没有回来。自然，我们也知道他们不会回来得这么快。他们有十天假期，这是我们到农场后，从未有人有过的长假。我心里那些莫名的不安也慢慢消失了。看着阳狮那间干净的婚房，我变得喜悦起来。

到他们离开的第八天，我们正在吃晚饭，外面忽然有人哭着喊"陆伯伯"和"阿陆哥哥"。这声音听起来有股说不出的凄怆。我们听出来了，是阿秋的声音。我手一抖，差点连饭碗也掉到地上。我和父母都赶紧往门外看，只见阿秋跌跌撞撞地推门冲了进来。她满身灰尘，脏得令人有点不可思议。我惊骇莫名，心里瞬间又涌上那股无可名状的惶恐。

阿秋满脸泪水，又显得精疲力尽，一进门就号啕起来。

我妈妈赶紧过去，将阿秋抱住，让她坐在椅子上，连声问："怎么了？出什么事了？"

阿秋看见我们，像是终于把自己完全解脱了一样，放声痛哭起来。我也走到阿秋身边，一迭声地问："阿秋，你怎么啦？阳狮呢？

你们、你们……"

阿秋抬起满是眼泪的眼睛看着我，然后说："阳狮……他死了。"

我被彻底震惊了！阳狮死了？这是什么意思？他们出发时不都还是好端端的吗？

我和父母一下子都说不出话来。爸爸脸色也惨白了，他和我们一起围住阿秋。爸爸的声音很少那样惊慌，他说："阿秋，到底出什么事了？你说阳狮……阳狮怎么了？"

阿秋抬起布满泪水的脸，说道："我们……我们出车祸了。阳狮、阳狮他、他……"

阿秋没有说下去，她也说不下去了。

我和父母都震惊得难以说话。这怎么可能？车祸？这是多么不可思议的事。车祸我们当然不陌生，只是我们从来没想过，这两个字会在我们认识的人中间出现，更要命的是，它居然出现在阳狮身上。我们没办法说话。妈妈已经拧过一把毛巾，拿过来给阿秋擦脸和擦眼泪。阿秋接过毛巾，抬起眼看着我们，又一次控制不住，哇的一声哭开了。我们什么都不敢问，因为无论怎样问都太残忍了。妈妈也跟着流下眼泪，在她眼里，阳狮和阿秋是最乖顺的人，没想到这两个最乖顺的人居然出了车祸。

"阳狮真的……他……人呢？"终于，妈妈像是心怀侥幸，还是问了出来。

阿秋没有回答。她只是哭，撕心裂肺地哭。

"车翻了，他……他……"阿秋终于抽抽噎噎地说，"他抱住了我，把我……把我……压在身下，他……他……"阿秋终于没有说完，后面的话被哭声代替了。

　　我们简直不敢相信。我能想象那辆车如何翻滚，阳狮如何将阿秋挡在自己身下。我再也忍受不住，忽然就冲出门去，望着冷漠无边的星空，忽然就跪下来，将脸埋在双手手心里，失声痛哭起来。

9

从那天开始，阿秋的精神像是出了毛病，她总是发呆，出工也少了很多。我永远不会知道，在阳狮死去前也没听她说过，她是否后悔过离开越南。我有时能感觉，她是希望有朝一日返回越南的。她之所以离开越南，一是年少，事事都听阿强安排，总觉得哥哥的每个决定都不会出错，二是不想和阳狮分开，也许第二点是最主要的，但来到中国之后，一切对她来说都是茫然的。她下了很大的力气，也只学会了很简单的中文。尽管如此，她还是不怎么和我们之外的人说话。阿秋没再和那两个女知青住在一起，她神情恍惚地住进了阳狮的那间瓦房。我妈妈很怜惜阿秋，每天都去她那里，叫她过来吃饭。有很长一段时间，阿秋吃着吃着就会哭。我看着也不好受。除了尽力安慰她，我们也找不到其他什么办法。

我经常会在晚饭后和阿秋一起出去散步。农场很大，风景永远不会贫瘠。散步对阿秋是有好处的。我当然不会和她谈论阳狮。我和父母也不去谈论阳狮。生命真是脆弱，命运真是无常。我还年轻，却觉得内心在老下去。经历会让一个人苍老，这是我从自己生活中得出的结论。其他人是不是认可这点我一点兴趣也没有，对所有事情，我是如何看待就如何看待，不和人争论，也不要求别人赞同。和妈妈一样，我也觉得阿秋十分可怜。我倒是无数次想过，如果她不离开越南，也许会好上很多。

那段时间，我总会想到阿强。他在秋盆河上呼风唤雨，为什么一定要阿秋来中国呢？他的理由跟我说得很透彻，我也赞同。如果阿强知道阿秋目前的状况，他会不会后悔？我觉得肯定会。阿强一直喜欢这个妹妹，不肯让妹妹受半点委屈，如今她却挣扎在自己无能为力的遭遇中。除了哭和独自发呆，就再也找不到其他的事情可做了。这不是阿强能预料的。这世上谁能预料自己的命运呢？我们都不知道自己哪天会死，不知道自己哪天会爱、哪天会恨，更不知道自己明天会遇见一些什么。面对未知，我觉得我们所有人都束手无策，只能听天由命。当然，这世上也有掌握自己命运的人，那毕竟是少数，而且是极少数中的极少数。那些人是了不起的人。我知道我不属于那类人，我认识的每个人都不是。而且，就算是那些了不起的人，我觉得他们也只是在表面上掌握了自己的命运——他们能让自己不死吗？如果做不到，那也可以说他们终究没掌握自己的命运。

我们每个人都会死，在我们死之前，我们每个人也会遇见死。阳狮的死是我遇见的，阳狮父母的死也是我遇见的，还有那许许多多人的死，我没有遇见全部，可也遇见不少，我们都不愿意相信自己会面对死，可终究还是要面对。尤其是我们父母的死。他们终归要死在我们前面的。这是所有人逃脱不了的命运。如果你逃脱了，那也不过是你死在了你父母前面。我没想到，在阳狮死去半年之后，我遇见了我妈妈的死。

　　开始也就是一场感冒，没想到会突然加重。在妈妈卧床的那些日子，她没办法去叫阿秋过来吃饭了。阿秋好像也明白会发生一些什么。她的精神在那些天奇异地恢复了正常，每天她都会过来照顾妈妈。爸爸历来都很坚强，可在妈妈病情恶化的时候，我也感觉到他的脆弱了。对爸爸来说，和妈妈相濡以沫地过了大半辈子，他们以为永远不会有永别的那一天，事实上这是所有人都避不开的一天。爸爸也像阿秋一样预感到了什么，每天给妈妈熬药。农场里有医务所，但药品很少。我们每个人都眼睁睁看着妈妈病情加重。即使在这种情况下，我还是得每天出工，在队里的每个人眼里，我妈妈不过是感冒了，不算严重的病。我心里异常着急，也总希望妈妈能尽快好起来，于是我一边像鸵鸟一样愿意相信队里人说的话，一边还是每天去医务所，想看看医生怎么说。医生只挥挥手说："没什么大事，该开的药都开了，病人该吃的药也应该吃了吧？过几天再看看。"总是过几天看看，过几天看看，妈妈却没有拖过最后的那几天。

　　我唯一感到惊异的是，妈妈在越南家里读的那本《圣经》没带过来，农场也没有一本《圣经》，教堂更是没有，妈妈还是很豁达，她一直很平静，觉得是主在召唤她过去了。我不知道这是不是信仰的力量。她很久以前就对我说过，人不是为了享受而生在尘世的，人活着是为了受苦和赎罪的。现在她要去主的身边了。被主召唤的人，都是已经赎完罪的人。这些话在农场是不可能被人理解的，但我们理解。

我没有想到的是，在妈妈临终的那晚，她忽然恢复了所有的精力，几乎让我们以为她病好了。我有点惊喜地坐在妈妈床边。刚吃过晚饭，阿秋也没走。看得出，她也很高兴。阿秋坐在我身后，爸爸在收拾厨房。那些事阿秋本来想去做，被妈妈阻止了，要我和阿秋坐在她身边。我没想到妈妈会要阿秋坐到我前面来，于是我和阿秋换了位置，阿秋坐在妈妈身边。妈妈很费力地伸手将阿秋的手拉住，望着她说道："阿秋，你和阿陆也是青梅竹马，互相是很了解的，现在你一个人在中国，太多事都不方便，你不要嫌弃我们家阿陆，你要愿意的话，就做我们陆家的媳妇吧。"

妈妈的话让我感到十分惊讶。我一点也没想到妈妈居然会要阿秋嫁给我。我心里一片迷茫，不由得站了起来。妈妈没理会我的表情举止，只看着我说道："阿陆，阿秋这孩子孤苦伶仃，你答应妈，以后好好照顾她，不要委屈了她。"说到这里，妈妈就看着我，又看看阿秋。

阿秋也没想到，但她似乎没有像我那样惊讶，相反，阿秋有点不知所措，脸涨红了。我头脑变得混乱起来。妈妈又说下去："阿陆，你和阿阮的事，妈妈知道，阿秋也知道，但是你看见了，现在是你和阿秋在我面前。阿陆，这是主的安排，你答应妈妈，以后和阿秋好好过日子。"

我真的心乱如麻，妈妈突然提出要我和阿秋在一起，这是我从来没想过的，肯定也是阿秋没想过的。我说："妈……"接下来我真的不知说什么了，事情来得太突然。我终于说："妈，等你身体好了再说，先养好病啊。"那天我忽略了，爸爸进厨房后，很久没有出来，家里就那么几只碗，肯定早就洗完了。爸爸一直没出来，应该是妈妈事先嘱咐了的，也许，妈妈不愿意她和爸爸两个长辈同时给我们压力。我只记得，妈妈对阿秋慢声说道："阿秋，今天你晚点再回去，等我睡着了再走。"说这话时，妈妈一直看着阿秋。阿秋又有点想哭的样子，捂着嘴"嗯"了一声。

到了更晚的时候，妈妈的身体突然就不行了，我不知道她是何时昏迷的。最后那一刻，她倚靠在爸爸怀里，脸色苍白，又艰难又痛苦地喘息。爸爸不停地喊妈妈的名字。我也知道妈妈撑不住了。我和阿秋都挤在妈妈面前，我心里的悲哀在无边无际地扩大，好像四面八方都是空洞。我拼命地喊着妈妈。终于，妈妈睁开了眼睛，她又一次看看我和阿秋，声音虚弱地喃喃说道："阿陆……你和阿秋……你……答应……答应妈妈。"

我哭了起来，在妈妈床边跪了下来，抱着妈妈喊道："妈！妈！"

妈妈眼睛闭上了，又睁开，对阿秋说道："阿秋，阿……秋，你……答应吗？"

阿秋哭了起来，说道："我答应！我答应！"

妈妈嘴角笑了一下，然后看着爸爸，她一直看着、看着，瞳孔终于不动了。我和阿秋开始号啕大哭起来。爸爸的眼泪也流了下来，他伸出手，哆嗦着为妈妈合上了眼。

10

妈妈去世半年后，我和阿秋结婚了。我从没想过我会和阿秋结婚。或许，这真就像妈妈说过的那样，是主的安排。我从不信什么主，我觉得这是我们避不开的命运。我和阿阮这一生真的不能再见了，尤其中国和越南已经打起仗来了。对国家与国家之间的事情，我没法去弄明白。农场里的人谈起打仗这件事时，都极为愤怒地指责越南侵略我们的边境。我对这件事只感到无比悲伤。我是在越南长大的，心里有一份对越南的情感，我当然不敢对任何人说，那样后果非常不妙。不过，我还是得承认，我对越南的情感随着越南对我们的驱逐和这次战争，已经逐步乃至全部垮掉了。我在内心的废墟中看到的最绝望情形是，今生今世，我和阿阮分别在两个敌对的国家，哪里还能存什么幻想？

和阿秋结婚后，我只能让阿阮在我心里死去。可是，我真的爱阿秋吗？我对阿秋产生不了对阿阮那样的情感。进入婚姻后我才发现，妈妈临终前说的话都是对的，我和阿秋其实也是青梅竹马，只不过我们从来没有彼此吸引过。我爱着阿阮，她和阳狮依恋。

我不可能想到最后在一起的居然是我和阿秋。这也是阿秋不可能想到的事,但事情就这么发生了。我尽管对阿秋产生不了对阿阮那样的情感,却产生了另外一种情感。

我说过,自阳狮死后,阿秋的精神就出了问题。我知道那种刺激产生的后果,是完全可以让一个人崩溃的,何况阿秋本性柔弱。当我终于将全部心思用来打量阿秋的时候,我觉得阿秋是我见过的最孤苦无助的人了。她的一生都在我眼前历历在目,她出生时,母亲就难产过世,然后跟着一个常年出海的父亲和一个以寻衅斗殴为乐的哥哥一起生活,我不敢想象那些生活会让阿秋产生什么样的心理感受。在童年时,除了阿阮愿意和她说几句话外,连一个玩伴都很难找到。这些事我当时就知道的,我真的很惊异当时的我们怎么会对阿秋那样冷酷。人的冷酷真是从童年就开始了。我有一天忽然明白了妈妈为什么要我和阿秋结婚。因为阿秋是最需要体恤的。妈妈不仅认准了阿秋的善良,还知道我会疼惜阿秋,如果阿秋嫁给别人,或是我娶了别人,都不会有我和阿秋之间的圆满。妈妈知道我会好好照顾阿秋,也知道阿秋会好好待我和爸爸。或许,妈妈还有些话没有对我说,那就是爱情与婚姻间,是没有等号可画的。爱情终究会被某种看不见的东西磨损,婚姻则是一天天的日子。爱情是激烈的,婚姻是平静的。我们都经历了那么多事,最需要的不就是在生活中获得平静吗?生活终究会让每个人认识到什么才是生活。这不是人人都能强求,更不是人人都能得到的。我疼惜阿秋,是因为我懂得阿秋,能理解她精神上的痛苦。阿秋呢?她对我经历的每件事几乎都没有缺席,她当然也会理解我。对两个生活在一起的人来说，难道还有比能够互相理解更重要的吗？她会照顾我和爸爸的日常生活，我也会格外留意她的精神状态。

阿秋每次发病时都非常可怕，她会歇斯底里地痛哭，甚至摔破一些茶杯碗具，等她恢复清醒之后，会不记得那些发作时的举止，我也不会告诉她。没有哪个医生比我更懂得阿秋变成这样的原因。至于我自己，确实不知何时变得异常沉默，不想和人打交道。阿秋只是在发病前发呆，我则是每天都会长时间发呆。我原以为，只有我才知道自己为什么变成这样，慢慢我发现，阿秋比我自己还了解我。在很多时候，我觉得不是我在照顾阿秋的情绪，而是她始终在照顾我的情绪。每个人的婚姻就应该这样相濡以沫，其他的方式会不会幸福我不知道，我只是知道，在阿秋的照顾下，我慢慢觉得内心不再那么伤痛。也直到那时候，我才知道什么是真实的人生，不论我经历过什么，我只能和阿秋牵着手走完这辈子了，就像我父母一样，他们是携手走完的，只是妈妈去得比爸爸要早。妈妈的去世也让爸爸的精神险些一蹶不振，好在家里有了阿秋，爸爸才挺过这道中年人最难挺过的关口。

一年后，我和阿秋有了孩子，这给了爸爸最大的安慰。我终于平静了，也觉得自己幸福了。有了孩子之后，阿秋的精神状态也好像变得好了很多。在和我结婚的前后半年里，阿秋发病非常频繁，孩子出生之后，我慢慢发现，她发病次数越来越少，是因为她心里有了最重要的寄托吗？或许，一个人内心被填满之后，就会远离曾经的所有痛苦。

11

后来的事情原本没什么可说的了。时代在变，就像这个农场的名字一样。我们没到这里时，农场叫国营光明农场，当我们来到这里之后，农场改称为光明华侨畜牧场，再后来，又改称为光明华侨农场。也许，名字的变化也意味着时代的变化。我们刚到农场时，一切百废待兴。在我和阿秋的孩子出生之后，发生的事情是我们压根没有想到的。农场的隶属地原来叫宝安，后来改名为深圳了。深圳被划为中国第一批经济特区之一。我开始不懂得什么叫"经济特区"，当我明白深圳将要发生天翻地覆的变化之时，我真的激动起来。我和阿秋经过商量之后决定，她留在农场带孩子，我则去了市内打工。

回想那段拼命打工的日子，我此刻不可能不思绪万千，什么活是我没干过的呢？从餐厅洗碗开始，然后做保安，到后来攒点钱投入股市，我的第一笔钱就是从股市赚的，但从股市赚的钱又亏在了股市。我终于洗手不干，从股市绝迹。几年后，我又计划制作一些好莱坞明星的年画，这一次我看得很准，赚了不少。不过，父亲的过世又让我回到农场。等我把阿秋母子的生活安排好之后，我继续回到市内，我涉足的行业真是太多，如果都写出来，会是一部漫长的创业史。今天回想时，我很庆幸自己在时代中跟上了每一个步伐。我没有成为那种非常有钱的富豪，我知道自己的弱点，终究是读书读得太少。某一天我忽然觉得，我真正要的是和家人一起，于是我又回到阿秋母子身边。

儿子已经长大了，他不会懂得他父母的生活经历。在每个孩子眼里，父母似乎天生就应该在一起，天生就应该是夫妻一样。我承认，我和阿秋天生就是无法躲开的夫妻。我用在市内赚的钱买了我们自己的第一幢房子。后来，农场发展了，我又在村里买了一块地，在上面盖了幢三层楼的房子。我在一楼开了个海鲜酒楼，这是我在越南时就熟悉的行业。那时我和爸爸就将捕到的海鱼送往那些酒楼。现在我自己开酒楼了。我和阿秋共同打理，生意做得不错。有一天，阿秋说她很累了，我就将酒楼的铺面租给了别人。我满足了，的确没什么不满足的，屈指一算，从越南回到中国，竟然有三十年了。光阴弹指间，不仅深圳变了，中国也变了，当初和越南的那场战争早也结束了。我和阿秋都老了。我现在能够理解的是，每个老去的人身上，都有属于他的故事，我从来没想过要写下这个故事，但我终于写下它，是因为我后来知道了一些没有人能料到的事，等把那些事写完，我要说的也就可以画上一个句号了。

12

把一楼的铺面租给别人之后，我和阿秋的生活终于可以按自己的想法来规划了。儿子大学毕业之后，到了北京一家外企做事，很少回来。中国的确很大，我和阿秋几乎游遍了中国的大小城市。我做的一些小小投资也回报不少。有时看着家里的变化，会觉得以前的辛苦没有白费。有次从上海旅游回来，我感觉挺累，第二天睡到很晚才起。阿秋出去买菜了，我起来后想在衣柜里找件衣服。平时都是阿秋给我准备衣服，不知为什么，她那天忘记了。我在衣柜深层陡然发现一个盒子，我有点意外，也觉得自己有些好笑，家里有些什么我竟然还不知道。我打开盒子后愣住了，里面是块扎好的红色绸布，里三层外三层，很仔细地包裹着一个什么东西。

我有点好奇，拆开一看，在眼前出现的竟然是阿阮给我的那尊妈祖像。

我猝然一惊。多少年了，我已将阿阮埋在心底，再也不让任何东西打扰，连我自己也觉得差不多忘记了她。是的，年岁催人，我们不再有年轻时的冲动和狂热，但在看见妈祖像的瞬间，我依然感觉内心蓦然一股阵痛。我也忘记自己什么时候就不再经常独自去看那个纪念品了，年复一年，我甚至没有再想起它。一惊之后，我不由得拿起它来凝视，然后走到阳台上细细观看，我以为已忘记的往事全部涌将上来。

我在回忆里沉得太深，乃至阿秋回来了我也没听到动静。我抚摸着那个塑像，忽然听到阿秋在我身后说话："你一直没看见过它吗？我就放在衣柜里的。"我抬头看着阿秋，不觉叹息了一声。没想到阿秋忽然说："现在中国和越南恢复了正常关系，正好我们也没什么事要操心了，不如去越南走一走。"我很惊讶地看着阿秋。阿秋倒是笑了，说："我们都是从越南回来的，这么多年了，我也想回去看看，你忘了，我还有个哥哥在越南啊。"

我知道阿秋的心意，她是希望我去越南，万一能遇上阿阮呢？如果真能遇到，今天的阿阮，也一定和我们一样，都有白发了。如果能坐在一起说上几句话，也是对内心的某个交代和安慰吧。我不由得很感激阿秋的建议。

一个星期之后，我和阿秋从深圳直接飞到了河内。第二天，又从河内飞到了岘港。一切如此熟悉，一切又如此陌生。尤其从岘港往会安的出租车上，外面的所有都有了变化，比我记忆中的干净多了，没变的是那种缓慢的感受，仿佛越南的一切还是缓慢的。我感到我越来越按捺不住内心的涌动。我看看阿秋，她脸上也掩饰不住激动。我忽然觉得，我们早应该回越南看看的，我拍拍阿秋的手背，她的手翻过来扣住我的手指。很多年了，我们都没有这样扣过手指了。我不由得笑了笑。二十多公里的路程很快就到了。

时间刚过正午，我真的控制不住心绪了。我让出租车在秋盆河边停下。推开车门下去，我和阿秋都感到无法说出的感受在心头翻涌。是的，就是这条河，它见证了我们的童年和少年，见证了我们狼狈不堪的逃亡，见证了我们各自的情感，如今阳狮一家人和我父母都去世了，还有阿阮呢？阿凤呢？阿强呢？阿阮的妈妈呢？阿阮妈妈如果还活着，也该是快八十岁的老人了。他们都还在这里吗？都还活着吗？我多么希望他们都还活着。

我和阿秋走到来远桥上。这桥也老去了，桥身上的水泥有很多剥落了。唯一没老的是眼前这条秋盆河。它和三十年前一样，平静缓慢地流淌，所有的人世风雨都不足以对它构成任何损害。它在我们眼里，真的还和以前一模一样。我们再看看两岸，两边的房屋下居然还挂着一排红绸灯笼，难道它们在等我们回来吗？我知道不是的。我们下了桥，两岸那些房屋已经不再是居民房屋了，成了一间间做生意的铺面。这就是变化了。

我不敢说的话被阿秋说出来了。她说："我们去看看阿阮的房子。"

我心里一惊，我确实很想去看看，阿秋真是太了解我了，她见我不说，就代替我说了出来。我们离开河边，往阿阮曾经的家走去。那棵大榕树还在，阿阮家原来的别墅居然也在，只是原来的白色被粉刷成了淡黄色。但很明显，它已经不是居民住宅了，看门口挂的牌子，已经成为当地某个部门的办公场所。看见榕树时我心里还是免不了一痛。我们没在这里停留多久，又往我曾经住的地方走去。我和阿秋年纪虽老了，我们的步子却还走得这么快。

　　我原来居住的那条街还在，只是房子变了，不再是原来的那种土房。我找到我原来居住的地点，面前的房子上着锁，显然是主人还没有回来。阿秋看看我，说道："不知道我哥哥是不是还住在原来的地方。"这句话提醒我了，我觉得我在阿秋面前是不是有点自私了？我们应该先去看阿秋的房子的。于是我们又往阿秋原来的住处走去。

　　阿秋原来的房子竟然也在。看得出，它已经过了两三次翻修，但还是看起来很旧，像是不能住人的危房。但里面肯定住着人，因为门外的晾衣绳上，还晾晒着几件洗好的衣服。我和阿秋都心神震动，不知里面是不是真还住着阿强。我总觉得不可能，以阿强的行事，他几十年呼风唤雨下来，不可能还住在如此寒酸和破旧的地方。

　　我和阿秋望望彼此，我还是上去敲门了。敲了几下，没听见里面有人说话。于是我轻声对阿秋说道："可能里面的人出去了，不如我们在这里等等。"阿秋"嗯"了一声。这是她心情激荡的时刻，这里是她的家啊，说不定，她哥哥真还住在这里。

　　在我们身后，忽然有个苍老的男人声音在问："你们是谁？在这里干什么？"

　　会是阿强吗？我和阿秋同时侧身，循声望去。

13

　　跟我们说话的人并没站在我们身后，而在距我们十来步远的街口。他声音洪亮，让我们当时感觉他就站在我们身后。此刻正午刚过不久，天气还热得很，一直就很安静的会安街上很少行人。那老人在街口摆着个卖草帽斗笠的小摊，他自己头上还戴着一顶草帽遮阳，他腋下挂着一副拐杖，因为右腿被截掉了。

　　我和阿秋移步过去，阿秋看着那人，问道："你知道以前住在这里的屈强现在住哪里去了吗？"

　　"你找阿强？"那老人像是一愣，以手撩开帽檐，他脸上有条很浅的刀疤，我觉得在哪里见过他一样，不由得仔细看他。

　　他打量了阿秋一眼，又看着我问："你们是阿强什么人？"

　　他果然是认识阿强的。我和阿秋都兴奋起来。阿秋赶紧说："你认识阿强？阿强是我哥哥，我是阿秋啊，你……你认识我吗？"说着，阿秋凝视着对方。那老人看着阿秋，忽然把草帽一摘，惊喊一声："阿秋！你果然是阿秋！我是阿正，你还记得吗？我经常和你哥哥在一起的。"

我和阿秋同时认出他来了，果然是阿正，我记忆中的阿正那样飞扬跋扈，如今的脸色已让位给了安分守己。阿正又看看我说道："你是阿……阿陆！你们怎么……阳狮呢？"

我被一种不可思议的感觉控制了，我回答说："是啊，我是阿陆。"

我不想去说和阳狮有关的话，就接着说："这里太热了，不如我们去屋里坐坐。"

"好好！"阿正一迭声地答应，摊子上的东西也不收拾，就挂着拐杖，带着我们到了房门前。

他掏出钥匙将门打开，让我和阿秋进去。我们进去后，阿正先扶拐杖坐到床上，我打量里面的房间，感觉除了桌椅有些更换外，其他的都没什么变化。阿秋真的很激动，她一直捂着嘴，像是捂住喉咙里的涌动。我挽住阿秋的胳膊，以此平复她的情绪。阿正让我们坐下，阿秋已在哽咽。我就说："阿正，阿强呢？他还住这里吗？"

阿正眉头动了动，说道："你问阿强？他死了都几十年了！"

我猛吃一惊，想起阿强曾经对我说的话，难道他真的被其他帮派给砍死了？阿秋一听哥哥已经死了，一把将我抱住，死死咬着嘴唇，不肯哭出声来。阿正看着我们，声音很平静地说道："你也别去伤心了，阿强人都死几十年了，现在哭有什么用？"

我问："阿强是怎么死的？"

阿正皱皱眉说道："不就是打仗嘛，他把钱分给我们这些做他小弟的人，自己上了前线，结果就死了。"阿正说得轻描淡写，我真是奇怪起来，问道："阿强为什么要去部队？他还把钱分给你们了？"

阿正点起一支烟，说道："是啊，其实就是你们走后没多久的事，可能四五个月吧，我记得没半年，他就去部队了，他自己没说原因，可我们都知道，他是追那个阿阮，没有追到。我们听到的说法是，阿阮说他的钱来路不干净，不接受他，于是阿强就把钱和船，还有房子，分给我们这些手下，说自己要去立军功，结果军功没立到，把自己的命给玩完了。"

我和阿秋同时一声惊呼。我们万万没想到阿强居然是这么个结局。我抱紧阿秋，在她背上轻轻抚拍。我等阿秋稍微安静了，才终于很费力地问道："那么……阿阮呢？她怎么样了？你知道她在哪里吗？"

阿正听见我问到阿阮，忽然不作声了，他垂下头，狠狠吸着烟。阿正的样子使阿秋也凝目看他。我心里有些慌乱起来，说道："阿正，阿阮到底怎么了？你告诉我，事情都过去三十年了，什么事都可以说，她……还活着吧？"

阿正又狠狠吸口烟，将烟头扔在地上，抬头看着我们，说道："我也不知道阿阮现在怎样了，没有人知道她是活着还是死了。"

我吃了一惊，说道："到底发生了什么事？"

阿正咬着唇，过了半晌才说道："阿强死后，阿阮的妈妈也终于因肺病死在医院了，阿强去部队前，就把那艘大船和这幢房子给了我，我觉得我也可以学阿强运送华人，阿阮在她妈妈死后就找上了我，说要去中国找你。唉！我们劝了半天，根本没用，她一定要去中国，我被她缠得没办法，就让她上了船。没想到，出海前夜我喝醉了酒，忘记给船加满油了。船到半路时，起了大风，我们都没辙，只能听老天爷摆布，船漂了四五天后，终于沉了。"

我和阿秋猝然一惊。我站了起来，说道："你是说，阿阮淹死了？"

阿正摇摇头，说道："肯定没有，当时太乱，我知道保不住船时，将船上的救生圈给了阿阮一个。我看见阿阮套上了救生圈，后来我们就全部在海里了，再后来，我也不知过了多久，整船人都在海水里等救援。到晚上时才终于来了一些船，那些船是越南的渔船，都不大，我看着阿阮被救上了一条船，我上的是另一条。所以，阿阮当时肯定没死。"

"那……后来呢？"我喉咙发涩，问道。

"后来？"阿正像是要用力回忆才能想起当年的事情一样，然后继续说下去，"后来我们就到了岸上，几条船不是同时到的，当时能逃得一命，已经是老天爷开眼了。一上岸，我们都被送进了医院，我在医院里没看见阿阮。我也没去想那么多，等我离开医院后才想起阿阮，我赶紧去找那些渔船，运气还好，被我找到了。但那个救阿阮上船的渔民说不记得当时的情景了，这也难怪，一是人多，二是彼此都不认识，三是大家都在逃命。我对那渔民描述了阿阮的相貌，他说记得救起了阿阮，只是上岸之后，也没有专心注意哪个人。阿阮就这么不见了。"

我和阿秋听到这里，惊诧万分。我们面面相觑地沉默了半晌，我再次问道："你后来没再去找阿阮了？"

阿正摇头说道："我找她干吗？我又不想娶她做老婆。再说，我的船没了，我也得到处讨生活，说实话，经过这场生死，我也厌倦了黑道的事，我走投无路，也去了部队，在那里干了几年，我运气比阿强好，踩到地雷还没死，只炸掉了一条腿，然后就退伍了。时间真快，这辈子就这么快完了。如果你们不来，我都快不记得阿阮了。"

回到宾馆后，我和阿秋对阿阮的失踪总觉得不可思议。

阿秋忽然慢慢地说："我觉得阿阮一定去了中国。"

我一惊，抬起头，说道："怎么可能呢？"

阿秋叹息一声，说道："阿阮既然一直想去中国，她就一定会想方设法去，不然，当时出事的人都进了医院，为什么独独不见阿阮？我猜想，她当时没去医院只是一种可能，因为她即使去了医院，阿正在自己的病床上，怎么会去注意到她呢？不管阿阮去没去医院，她肯定还是会想办法去中国找你的，只是……唉，中国那么大，人海茫茫，谁知道她会用什么办法过去？谁又知道她究竟到没到中国。她那么年轻，以为一到中国就能见到你……"

我无法回答，阿秋的猜测或许只是其中一种吧，说命运无常，不就是说命运掩盖很多很多真相吗？我走到窗前，看着外面在黑暗里流淌的秋盆河，两岸灯光闪烁，秋盆河夹在灯光之间，沉浸在茫茫的黑暗当中。是的，那里有条河，但除了在河边的人，谁也看不见它。这真的就是生活本身，一点点距离，就让所有的真相消失。

14

到越南来，我们想找寻的就是那些往事的结果。现在结果有了。哪怕不知道阿阮究竟去了哪里，也是一个结果。我和阿秋离开越南。飞机到了云端。我侧头看着阿秋，阿秋也看着我，我们互相望着，千言万语都不知从何说起。阿秋伸过手，将我的手紧紧握住。一滴眼泪从她眼角流下来。我赶紧伸手将它拭去。看得出，阿秋很想对我笑一笑，她终究笑不出，然后，她靠过身来，将头枕在我的肩上。我伸臂搂住了她。我们都是白发丛生的人，也没去想这是机舱之内，但我们需要这个拥抱。我的眼睛透过阿秋的头发，看着机窗外的天空。空中厚厚的白云仿佛一动不动，又飞快地向后掠去。人的一生，真是太像这些云了，有美丽的，有污黑的，没有人可以抓住，它们全都冷漠地向后飘去。什么是人一生可以抓住的呢？我低头看看阿秋握着我的手。那双手的皮肤早已粗糙，我看了良久，将自己的手翻过来，手心对手心。我和阿秋叉开手指，同时用力，紧紧地扣在一起。

后记

从笔记中找到时间——2017 年 7 月 20 日晚上，我和北大的夏露教授、南师大的王志刚博士、摄影家兼诗人邓志刚兄在越南会安的一家露天咖啡厅聊天。我一边喝咖啡，一边看着远处的黑暗。河流声时不时从暗处传到耳旁，我忍不住循声前往。在堤岸上站住后，眼前流水徐缓，彼时身边没有路灯，天上没有月亮，怎么也看不清它的样子。我沿河走了一段路后回转。重新端起咖啡杯时，我问夏露教授这条河的名字。对越南了如指掌的夏露不假思索地告诉我，它叫秋盆河。

这名字让我心中一动。没别的，就觉得它美。柔美、凄美、如丝如缕的美，我无端觉得，秋盆河一定承载了很多故事。我脑中闪过一个念头，我也许能写部以"秋盆河"为名的小说。第二天，我们游览整个会安，也游览了整条秋盆河。因小说中已详细描写过它，这里就不再重复。关于它在越南的地理位置和历史作用，夏露也兴之所至地对我们做了详细介绍。再过一天，我们离开会安，我也不觉忘了那晚的瞬间闪念。

　　从越南回来后，我在整理旅行笔记时发现，半个月的越南之行，我们到过和见过的河流不少，譬如红河、湄公河，算得上非常有名的河流了。但在我记忆中强烈涌现的，竟还是那晚朦胧一片的秋盆河。

　　想为它写部小说的念头再次泛起。

　　这次，我没有让它溜走。

　　以越南为背景写部小说的念头由来已久了，我现在生活的深圳市光明区有大量越南归侨。他们由于历史的原因归国，有很多家庭在越南已生活了两三代。在他们身上，原本就不缺来自越南的故事。对一个写作者来说，既不应漠视自己生活土壤上的人事，也不应漠视这片土壤中沉埋的过往。于是我频繁前往归侨们的聚居区，认真去听他们的故事，认真收集当时的大量细节。我无意也没有以哪个归侨为原型塑造小说中的任何一个人物，我需要的只是细节。没有哪部小说不是细节对读者构成感染，尤其属于历史的细节更不应忽视。

　　随着采访深入，我越来越强的内心感受是，中国的广阔版图上从来不缺历史，但亦不知不觉地忽略的是，在随便哪个地方，都有一段历史书上未能记载的历史。那些历史是真切存在的，甚至，那些存在就等于无数的悲欢离合。他们本身就是历史，只是当事人没有在彼时做出强烈的意识反应。作为整整一代归侨，他们个人的身不由己就因避无可避的历史事件出现。没有哪段国家历史不包含时代的个人历史。我今天面对的归侨就是一段国家历史的前奏。只有写下它，才能真切地还原它。

仅此一点，我相信这是部值得一写的小说。

动笔之后，我自己也没有想到，它竟然在短短二十天内脱出初稿，更觉幸运的是，《中国作家》主编程绍武先生慷慨提供版面，将它全文发表。借此机会，我由衷地向程绍武先生说声谢谢，特别在几个关键人物的处理上，绍武先生以丰富的编辑经验给出了极为中肯的修改建议，使这部小说得以最后定稿。此外，我还想对接受采访的归侨们说声谢谢，对网上联系多年、初次见面竟是在异国他乡的夏露教授说声谢谢，对发表前就读过电子版并给予热情肯定的小说大家王祥夫兄说声谢谢，对为它出版付出心血的深圳出版社社长聂雄前先生和韩海彬兄、杨雨荷编辑说声谢谢。当然，我还要对打开这部小说的读者说声谢谢。

因为生命中的所有交集，都是值得人去珍惜的缘分。

远　人

2022 年 7 月 24 日凌晨于深圳